# DESPEDIDA EM VENEZA

LOUIS BEGLEY

# Despedida em Veneza

*Tradução*
Anna Olga de Barros Barreto

COMPANHIA DAS LETRAS

*Título original*
Mistler's Exit

*Capa*
Silvia Ribeiro

*Foto da capa*
Roberto Stelzer

*Preparação*
Isabel Jorge Cury

*Revisão*
Beatriz de Freitas Moreira
Ana Maria Alvares

Dados Internacionais de Catalogação na Publicação (CIP)
(Câmara Brasileira do Livro, SP, Brasil)

Begley, Louis, 1934-
Despedida em Veneza / Louis Begley ; tradução Anna Olga de Barros Barreto. — São Paulo : Companhia das Letras, 2000.

Título original: Mistler's exit
ISBN 85-359-0041-1

1. Romance norte-americano I. Título.

00-3174 CDD-813.5

Índices para catálogo sistemático:
1. Romances : Século 20 : Literatura norte-americana 813.5
2. Século 20 : Romances : Literatura norte-americana 813.5

[2000]

EDITORA SCHWARCZ LTDA.
Rua Bandeira Paulista 702 cj. 32
04532-002 — São Paulo — SP
Telefone (11) 3846-0801
Fax (11) 3846-0814
www.companhiadasletras.com.br

*Para Anka, sempre*

*Ce que les hommes vont perdre, tant pis; ils ne s'en apercevront pas. Tout finit bien puisque tout finit.*

— *Chardonne,* Demi-Jour

# 1.

Entendo, disse Mistler.

Na verdade, não havia por que apressar a conversa. A sala de espera estava vazia. Bill Hurley passara a ser o médico da família de Mistler quinze anos antes, no lugar de seu tio, que morrera na quadra de tênis em conseqüência de um aneurisma, após uma dupla falta no quarto *game* do quarto *set* do campeonato de duplas sênior do clube a que pertencia, quando o escore estava quarenta a zero. A essa altura, Hurley era também um amigo. A secretária fora explícita ao pedir a Mistler que passasse no final da tarde, quando o dr. Hurley já teria terminado de atender os outros pacientes. Apesar disso, tão logo Mistler chegou, ela começou a pedir desculpas, pois o médico estava atrasado.

Não se preocupe, disse ele. Hoje, excepcionalmente, não estou preocupado com a hora.

Essa era a verdade. Um intervalo ocioso parecia amplamente preferível ao que viria a seguir. Na realidade, se havia algum motivo para pressa — pensou Mistler após abandonar com relutância uma *Glamour* de dois anos antes e adentrar o consultório de Hurley, lugar em que o médico interrogava e dava o veredicto, depois de cutucar e apalpar a carne relutante até que esta revelasse seus segredos no cubículo ao lado, que abrigava a mesa de exames e uma balança confiável, única peça do equipamento de Hurley que agradava a Mistler —, esse motivo estaria ligado à feiúra do lugar. Com suas pilhas de envelopes de papel pardo que continham, supunha Mistler, radiografias e fitas de eletrocardiogramas, aparentemente intocadas desde a época do tio de Hurley (se é que de fato o tio ou o sobrinho tinham algum dia examinado o conteúdo dos envelopes, uma possibilidade que Mistler não descartava de todo), a falsa escrivaninha antiga, pequena o suficiente para caber num dormitório universitário, atulhada de bugigangas de empresas farmacêuticas, e, nas paredes, gravuras de patos ao lado de diplomas que reconstituíam o progresso de Hurley desde a escola preparatória em Nova Jersey até o derradeiro exame de qualificação profissional, tudo nesse cômodo denotava indiferença e economias mesquinhas. Isso não seria tolerado em nenhum outro ramo de serviços caros. Alguma vez teria ocorrido aos médicos de, em caso de conversas mais delicadas, encontrar seus pacientes fora do consultório, tomando um café ou uma bebida, já que não queriam gastar dinheiro em móveis? Afinal, seria perfeitamente possível, com um mínimo de habilidade, levar o paciente a pagar a conta, ou então compensar a despesa com um exame de fezes ou coisa parecida. A maioria dos advogados com quem Mistler lidava consideraria uma barbada tanto um procedimento quanto o outro.

Aparentemente não havia nada que Bill Hurley tencionasse dizer a menos que fosse provocado. O que cabia a Mistler.

Tudo bem. Quanto tempo me resta?

Para quê?

Para morrer, claro. O que mais eu poderia estar querendo dizer?

Poderia estar se referindo ao tempo que resta para começar o tratamento. Como Mel Klein lhe disse, talvez se possa lidar com a coisa de forma cirúrgica. Imediatamente. É um câncer primário. Essa é a boa notícia. Depois, tudo correndo bem, talvez se possa fazer um tratamento. Mas isso só o Mel pode dizer. Em último caso, você poderia esperar por um transplante. Pode ser viável.

Mas ele também disse que, segundo o doutor Steele, os prognósticos para esse tipo de operação não eram bons. Será que você ou o doutor Klein ou o doutor Steele mudaram de opinião?

Não. O tumor é grande e pode ter se espalhado. Até abrir você, Dave Steele não pode ter certeza da situação.

E se já se espalhou?

Ele costura e, depois, faremos todo o possível para você não se sentir indisposto.

No hospital?

No início. E provavelmente também no fim. A expressão de Hurley continuava animada.

Acho que vou dispensar. Você pode dar uma estimativa do tempo que me resta se eu não fizer nada? E também quero saber como vou me sentir.

Tudo depende do que realmente está se passando dentro de você. Se o problema ainda estiver localizado, mas você não se submeter a nenhum tratamento, nem mesmo radioterapia, para frear o crescimento do tumor, talvez meio ano. Talvez menos. Durante esse tempo, apenas certo incômodo nos próximos meses. Nada pior do que isso. Você irá se sentir mais cansado, ficar mais anêmico e perder peso. Mais tarde, entrará na zona de guerra, especialmente se outros órgãos ficarem comprometidos. A cada dia, a possibilidade irá aumentar. Porém, mesmo sem cirurgia, a rádio e a quimioterapia poderiam fazê-lo ganhar tempo. Você vai querer conversar com Mel a respeito disso. Claro, se o comprometimento já estiver generalizado, todas as apostas estão canceladas. Essas coisas não têm a pontualidade dos trens de Mussolini. Rá! Rá! Você sabe como é.

Mas sem dúvida você irá tomar as providências para que eu não entre na zona de guerra, como disse. Conto com isso.

Se você está sugerindo que eu o mate, posso lhe adiantar já que não o farei. Estou aqui para tratar dos pacientes. Claro, é um direito seu recusar o tratamento. Você terá toda a medicação de que precisar para a dor, mas não se iluda. Depois de certo ponto os remédios não resolvem.

E isso será muito pior do que vai me acontecer se fizer a operação e o tratamento?

Há uma chance de que o câncer não tenha se espalhado e possa ser extirpado. Então, com tratamento e sorte, você poderia levar uma vida normal — sobretudo se fizer um transplante. Do contrário, você tem razão, o resultado será mais ou menos o mesmo.

Só que eu já terei passado pela operação e pelo tratamento e por tudo o mais que o acompanha. Acho que vou deixar as coisas como estão. Se você puder apenas receitar seja lá o que achar que sirva para me dar uma levantada — vitaminas, ginseng selvagem, estimulantes. Imagino que isso seja possível.

Hurley, diligente, apressou-se em escrever. Aqui está, disse, isso pode lhe fazer algum bem e sem dúvida não lhe fará nenhum mal. Em seguida, Hurley lançou a Mistler o olhar másculo mas afetuoso que o médico em geral reservava para lhe pedir que diminuísse o vinho tinto e os mariscos, se não quisesse outro ataque de gota, além, claro, dos charutos, e continuou: Você não deveria tomar esse tipo de decisão antes de discutir o assunto com Clara e Sam. Se você se dispuser a lutar, e incluí-los na luta, eles terão mais facilidade em aceitar o resultado. É muito difícil ver um marido e um pai chegar ao fim — sobretudo quando isso talvez ocorra muito mais cedo que o necessário — porque ele decidiu morrer sem permitir que os médicos o tratassem.

Mas não sou eu quem toma a decisão de morrer desta maneira e neste momento — na verdade, bem mais cedo do que eu esperava. Essa escolha foi feita pelo corpo de sua majestade Mistler. Estou apenas decidindo como irei passar os poucos meses à minha frente. No que depender de mim, não será em camas de hospital ligadas a máquinas que fazem ruídos parecidos com os de filmes de ficção científica. Também não acredito que Clara ou Sam queiram tal coisa.

Você ficaria espantado. Todo mundo ama um lutador, até mesmo sua família.

Já lutei o bastante, Bill. Acredite. Talvez seja por isso que estou tão seguro de que chegou a hora de me render. Incondicionalmente!

Mas não esqueça que você prometeu discutir o assunto com Clara.

Mistler notou o aborrecimento cada vez maior de Hurley.

Vou fazer isso. Só preciso de um pouco de tempo. Vou poupá-la por mais umas duas semanas. Afinal de contas, não há nada a partilhar ainda, pelo menos não agora.

Tendo dito isso, Mistler conseguiu esboçar um sorriso simpático e apertou a mão de Hurley.

Seis horas, já? Seu motorista, que o estava esperando na rua 71, viu-o, saiu do carro e ficou a postos, de pé junto à porta.

Obrigado, Vince. Não voltarei ao escritório. Vou para casa a pé. Por favor, ligue para a senhorita Tuck e diga a ela que não me espere. E me pegue depois em casa, às oito. Vou sair para jantar.

A primavera invadira Mistler sorrateiramente, os dias de repente tão longos que ele tornou a olhar o relógio, incrédulo.

Caminhando para oeste, em direção ao parque, passou por lojas especializadas em artigos para doentes e aleijados e por bares que mais tarde se encheriam de enfermeiras recém-saídas do turno no hospital, estudantes de medicina e médicos residentes. Era espantoso como a cidade parecia limpa. Na calçada, os cachorros tinham respeitado os canteiros de beijo-de-frade e amor-perfeito que rodeavam as árvores de ginkgo. Altas tulipas amarelas cintilavam imaculadamente na ilha que divide a Park Avenue. Quando chegou ao Central Park, ficou sem fôlego diante das cerejeiras e ameixeiras em flor. Era uma pena ter perdido uma seqüência tão longa de fins de semana no campo. Perdia-se o contato com tudo que havia na natureza, até com as fases da lua. Ali, as estações eram mais lentas, mas ele imaginava que as tulipas e forsítias estariam no auge em Crow Hill. No ano que vem, ele conseguiria que Clara organizasse melhor os compromissos sociais do casal na cidade e diminuiria o próprio ritmo. Na realidade, não era necessário concordar com reuniões aos sábados ou aos domingos nem comparecer a elas caso não pudessem ser adiadas. Outras pessoas poderiam ir no lugar dele. Então se lembrou do programa que Hurley tinha anunciado. Sem dúvida, encontrar tempo para Crow Hill não iria ser uma preocupação por muito tempo. De forma inequívoca, insofismável, ele começou a se alegrar. O horizonte não recuaria mais. O espaço e o tempo que lhe restavam estavam definidos; tinha se libertado.

Tinha se libertado de quê? A pergunta, que imediatamente formulou a si próprio, tinha implicações curiosas, pois Mistler se considerava na medida do possível um homem feliz. Em entrevistas e nas declarações que preparara para as grandes reuniões da faculdade, ele tinha expressado em público a crença de que administrara bem sua vida. E se achava com direito a esse ponto de vista, embora baseado numa premissa que preferia manter em segredo para que não o ridicularizassem: ele de fato era um *self-made man*, e seus êxitos eram em grande parte independentes da circunstância, em si bastante agradável, de ter nascido cerca de sessenta anos antes, no hospital próximo ao consultório de Bill Hurley, em berço de ouro. Não, não havia nada de que ele deveria querer fugir. Seu casamento havia muito se tornara plácido. Amava seu único filho. Ao contrário de Peter Berry, o primo e ex-melhor amigo cuja saída da Mistler, Berry & Lovett ele forçara — uma história feia da qual ele estava prestes a se arrepender mesmo que, na verdade, estivesse ultrapassada e, no final das contas, pouco importasse a Peter, que provavelmente estava bastante feliz dedicando-se a seus cavalos Morgan em tempo integral —, ele continuava gostando de seu trabalho tanto quanto antes. Peter e ele mal tinham completado trinta anos quando abriram a Mistler, Berry, tendo abandonado empregos obtidos logo após o serviço militar naquela que era então a maior agência de publicidade de Nova York, de fato enorme pelos padrões da época, próspera e influente o bastante para que homens não tão sensíveis a essas questões quanto o pai de Mistler achassem que trabalhar lá fosse perfeitamente respeitável. Esse cavalheiro, ele próprio o presidente e sócio principal de um banco de investimentos em Wall Street com raízes na Filadélfia do século XVIII, considerava temerário todo tipo de atividade em publicidade e relações públicas, algo mais adequado a gente vulgar e aos filhos perdulários de seus conhecidos menos atraentes. Na realidade, o sr. Mistler pai tinha alguma responsabilidade no fato de o próprio filho, em outros aspectos tão irrepreensível, ter escolhido esse campo de trabalho. Era a recompensa por ter atazanado o filho a respeito de pretensos escritores com bloqueio criativo, vivendo de mesada em Paris ou em alguma ilha grega. Como certa vez ele afirmou, era uma questão de princípio, não de dinheiro: os bens da família

Mistler, sobre os quais ele exercia poderes irrestritos, não tinham sido conservados para sustentar diletantes ou pretensos *littérateurs* à espera de inspiração. Se seu filho Thomas queria escrevinhar à noite, era problema dele, mas até ter o nome reconhecido era melhor que tivesse disciplina e uma ocupação aceitável durante o dia. Ele gostava de salientar que Wallace Stevens, que o velho sr. Mistler incluía entre seus amigos, nunca abandonou a posição que ocupava na companhia de seguros. Tudo isso foi discutido com calma, e nem o pai nem o filho consideraram válido aludir ao fato de que do lado materno da família havia dinheiro suficiente para propiciar a Thomas exatamente o tipo de existência que o velho sr. Mistler desprezava. Thomas tinha as próprias dúvidas e suspeitas, bastantes para fazê-lo temer os caprichos da Musa. Um trabalho em Wall Street parecia inconcebível, imbecil mesmo, a menos que viesse a ocupar a posição no banco do pai que lhe cabia na condição de primogênito. Que ela estava disponível, já havia sido deixado claro. Mas ele não queria trabalhar para o pai. Menos atraente ainda era a perspectiva de fazer correção de manuscritos alheios numa editora. Um homem chamado Barney Fine, colega de turma de Mistler mas muitos anos mais velho por ter estado na guerra, e que Mistler conhecera na *Harvard Advocate*, era redator numa agência de publicidade. Barney afirmava que era o melhor negócio na praça: pagavam-lhe um bom dinheiro para, durante o dia, criar anúncios vendendo sabão. Os anúncios não exigiam demais de sua cabeça nem interferiam na poesia que escrevia à noite. Além disso, se a pessoa era eficiente, não era difícil conseguir licenças. Por que Mistler não fazia o mesmo? Ele o recomendaria com prazer. Era um plano ótimo: Mistler achava que seria capaz de produzir anúncios sobre as virtudes de um creme para as mãos e de laxantes pelo menos tão bem quanto qualquer outro esteta em tempo parcial. Ele escreveria à noite, passaria fins de semana isolado no chalé que dá para o gramado em Crow Hill — onde inúmeros Mistler e Abthorp estavam enterrados —, que seu pai lhe dera de presente de formatura, e gozaria suas férias, ou, por Deus do céu, aquelas licenças fabulosas, numa casa caiada em algum penedo no mar Egeu. Peter Berry, sim, precisava ganhar dinheiro. Perguntou a Barney se também haveria possibilidade de introduzir Peter no negócio.

Ninguém se surpreendeu mais do que Mistler ao descobrir, de imediato, que gostava de publicidade. Três anos depois, Mistler chegou à conclusão de que se divertiria ainda mais se trabalhasse por conta própria. O que foi bom, pois na época ele tinha outros motivos para mostrar que poderia distinguir-se à frente de um negócio. Convidou Peter Berry e Harry Lovett — este era essencial, pois sua maturidade e experiência tranqüilizariam os clientes em potencial — a acompanhá-lo. Harry era vice-presidente de uma agência grande, mas já notara, como ocorre cedo ou tarde com a maioria dos vice-presidentes, que nunca seria presidente, e isso o magoava. Como Mistler, ele tinha recursos; melhor ainda, seu dinheiro não estava sob custódia. Peter não hesitou em entrar no negócio. Parecia o caminho mais natural. Um cigano da Nova Inglaterra — assim Mistler descreveu um personagem que criou, pensando em Peter, no romance que publicara no ano anterior; um jovem menos entediado e circunspecto que o protagonista, disposto a fazer tudo ou absolutamente nada. Os planos de Mistler e Harry eram manter a agência em funcionamento, se necessário com os dois vivendo a pão e água, por cinco anos no mínimo. O resultado foi melhor do que o previsto: no final do quinto ano, a agência tinha mais de quarenta funcionários e um escritório em Londres, mas Harry Lovett já morrera de um ataque cardíaco em seu camarote no Metropolitan, durante o segundo ato de *Die Walküre*.

O parentesco entre Peter Berry e Mistler não era muito próximo, uma vez que Peter era apenas filho de um primo da mãe de Mistler. Haviam se tornado amigos na faculdade, onde, no primeiro ano, competiram pela *Advocate*. No ano seguinte, passaram a dividir o quarto. Cada um deles tencionava escrever o grande romance americano seguinte. É possível, não obstante as opiniões do velho sr. Mistler, que a causa da literatura estaria mais bem servida por uma vida de penúria em Paris ou Atenas. Peter tinha começado uma coletânea de contos na faculdade e continuou a trabalhar neles enquanto serviu na Marinha. Os contos permaneceram na gaveta. Mistler terminou seu romance, exatamente como pretendera, mas recebeu críticas superficiais, do tipo "mais uma história de perturbação e dor prematura numa escola preparatória da Nova Inglaterra". Na verdade, Mistler não poderia discordar. Seu romance carecia tanto de ambição quanto de vigor. Entretanto, ele esperara algum sinal de encorajamento — até mesmo de simpatia — por parte de um ou dois amigos da faculdade cujos primeiros romances também haviam sido publicados recentemente, mas com uma acolhida melhor. Em vez disso, foram colegas da agência e conhecidos que lhe pediram livros com dedicatória e lhe garantiram que leriam a "grande obra" nas férias. Não importava: o destino não o condenara a se consumir na escrita.

Quando Harry Lovett morreu, Mistler e Peter Berry decidiram manter inalterado o nome da agência; eles poderiam funcionar como um duunvirato. Em breve, a impossibilidade de se manter no mesmo degrau da escada que Mistler ficou evidente, mas Peter não o desafiou nem pediu as contas. E assim, antes de completar trinta e cinco anos, Mistler tornou-se o autocrata da agência e assim permaneceu não porque detinha um grande número de ações da empresa, mas porque, sem sombra de dúvida, ele era melhor e mais duro do que qualquer outro ali. Inclusive — infelizmente! — Peter Berry. Não se tratava só do talento de Mistler para a palavra, a imagem ou a campanha vencedoras. Ele sabia seduzir ou intimidar os clientes mais inflexíveis e, além disso, escolheu o momento certo para expandir a empresa, tanto no exterior como nos Estados Unidos, sem permitir mudanças no perfil do trabalho da agência. A imprensa começou a se referir ao inefável toque Mistler, um estilo de publicidade inventado por ele. Tendo começado como jovem prodígio dos meios publicitários, acabou se tornando astro internacional.

Então por que tanta exasperação com o fato de lhe ter sido consignado o buraco retangular que em questão de meses viria a ser cavado no solo suculento de Crow Hill, logo à direita do de sua mãe e do de seu pai? Talvez não houvesse nenhuma explicação. Se fosse preciso alguma, Mistler gostava de pensar que seu inconsciente, correndo à frente — ou por um processo premonitório de esquadrinhamento iniciado quando o dr. Klein, o oncologista, lhe disse que não via com bons olhos a atividade que o fígado de Mistler revelava na tomografia —, deve ter avaliado a situação e concluído que, se o palpite de Klein estivesse certo, a maior parte dos problemas aos quais dedicara tanta atenção e esforço não faria mais a menor diferença — pelo menos, não para ele. O resultado era mais que um alívio da tensão; parecia-se com a indiferença, que logo virava alegria, que ele experimentava no início de viagens aéreas muito longas, para o Japão, por exemplo, quando estava sozinho. Ele se instalaria em seu espaço — o agente de viagens era instruído para colocá-lo na fila da frente da primeira classe, de modo que diante dele houvesse apenas o tabique, e que o assento ao lado, se possível, estivesse reservado e vazio. Nas catorze horas seguintes não haveria nada. Nenhuma intrusão, nada além do ruído abafado e sussurrante da aeronave e dos avisos incompreensíveis da tripulação, nenhuma possibilidade de ação. No lado de fora, um céu que se recusava a escurecer. Já no momento da decolagem, ele mergulhava num sono tão pesado que a aeromoça nem sequer tentava servir-lhe a refeição. Mais tarde, ao acordar, o sentimento de exasperação traria um resquício de sentimentalismo, de gratidão por tudo que dera certo durante a semana anterior, e pensamentos ligados a Sam, seu filho. Mas seu contentamento atual não trazia nenhuma mistura de nostalgia, nada que fosse sequer remotamente sentimental. Por quanto tempo conseguiria permanecer nesse estado de graça? Os jornais populares nos dizem que a morte violenta espreita atrás de cada moita por que passamos nas trilhas do Central Park, na rua que descemos ao voltar para a Park Avenue, nos olhos do garoto que nos pede dinheiro. A morte que só nos levará depois de uma luta desesperada. Para variar, a morte estava cara a cara com uma vítima complacente. Por que deixar que prossiga a devastação de suas células desordenadas? Por que não ceifá-lo agora, silenciosamente? Pouco importava o câncer. Ele não passava de um detalhe particularmente desagradável, uma confirmação do que via diariamente quando olhava ao redor e percebia no que estavam se tornando seus contemporâneos, que um dia haviam sido moças e rapazes radiantes. De um jeito ou de outro, uma década de merda estendia-se à sua frente. A não ser um neto, se um dia Sam chegasse a procriar, não havia nada que ele pudesse antever que fosse tão bom quanto o que deixara para trás.

Desde o outono ele vinha trabalhando até mais do que o habitual. Por toda parte, os clientes queriam gastar menos. Como a agência em que ele começara, cujos negócios lhe pareceram tão improvavelmente amplos, a Mistler, Berry & Lovett também conseguira uma companhia aérea como cliente, assim como um fabricante de carros importados. Quando as contas foram apresentadas para aprovação, Mistler recebeu confirmações privadas adiantadas. Tome isso como um gesto necessário para satisfazer o conselho diretor no sentido de que todas as medidas de contenção foram levadas em conta, de que não há nenhuma insatisfação com os serviços da agência. Mas como ele poderia ter certeza? Ele próprio conduziu as apresentações aos comitês de aprovação dos clientes; as contas permaneceram com a agência; e as relações com os clientes pareciam mais firmes do que nunca. Faltava apenas lidar com as ramificações financeiras da saída forçada de Peter, sobretudo com as conseqüências da recompra das ações dele, e isso Mistler planejara fazer o mais rápido possível, para evitar que ocorressem fissuras na empresa e para banalizar o acontecimento. Assim, em janeiro, num almoço com Jock Burns, o presidente da Omnium, a única agência de publicidade que ele realmente admirava além da sua, embora aquela fosse quase quatro vezes maior, Mistler recebeu uma proposta velada, mas para ele suficientemente clara, de compra da Mistler, Berry. Ao dar a resposta, Mistler apresentou uma previsão de lucro absurdamente alta, com base no qual, disse a Jock, seria possível deduzir o preço de uma agência como a dele. E então ouviu o sussurro de assentimento de Jock. Esforçando-se por manter a sobriedade na fisionomia, Mistler mencionou o problema constrangedor de conflitos entre clientes: outros negócios tinham gorado por causa deles. Jock fizera seu dever de casa. Em sua opinião, todas as dificuldades podiam ser administradas, e explicou seu plano; fosse como fosse, ele estava comprando, acima de qualquer coisa, o "toque Mistler". Nos meses seguintes, com a ajuda do advogado da agência, Mike Voorhis, Mistler negociou os termos detalhados do acordo tão sigilosamente que ninguém na agência, com exceção de dois membros do comitê executivo, soube de sua existência até o fim de semana anterior à Páscoa, quando ele levou toda a diretoria para as Bermudas, a pretexto de uma revisão da estratégia mundial da agência. Ele imaginara que alguém poderia contestar o negócio. Não houve nada disso. Tinha sido agradável, até além das expectativas, ouvi-los arquejar com incredulidade ao ser aberta a reunião no sábado de manhã, quando disse que estava recomendando a venda da empresa, e ouvi-los arquejar de novo, ainda mais descrentes, quando declarou o preço.

Era natural que o preço fosse exorbitante, disse a eles. Por que outro motivo eu iria pensar em vender?

No dia seguinte, no almoço que encerrou o encontro, eles se levantaram para beber à saúde dele e cantaram "Porque ele é um bom companheiro" duas vezes antes que conseguisse silenciá-los, concluindo com o lembrete de que, considerando-se a maneira como o negócio estava mudando, o mais prudente era vendê-lo e aplicar o dinheiro.

De volta a Nova York naquela noite, depois do jantar com Clara no restaurante italiano que freqüentavam no bairro, ele disse à mulher que gostaria de se deitar imediatamente.

Graças a Deus! Ela havia tomado banho antes de sair e esperou na cama, lendo, enquanto ele se deixou ficar de molho na banheira. Para ele, não havia dúvida de que essa seria uma noite de sexo, realizado com uma espontaneidade cada vez mais rara. Porém, quando ele se aproximou de Clara, ela se afastou e pôs a mão dele no seio dela. Sem querer perder a oportunidade, ele continuou a acariciá-la até a mulher afastá-lo definitivamente e dizer que era melhor dormir.

Ele não respondeu, imaginando que ela notara quão rápido o impulso dele havia passado. Mas, pouco depois, ela falou:

Você se viu no espelho do banheiro? Você não está só com um ar cansado. Você parece doente. Doente de verdade, quero dizer. Por favor, não me venha com suas piadas. Quero que você marque uma consulta amanhã de manhã com Bill Hurley.

Esse foi o primeiro tiro. Depois da visita ao médico, ele

teve de dizer a ela que Hurley pedira exames, mas esquivou-se de suas perguntas sobre que tipo de exame. Havia muito ela sabia que era inútil insistir quando ele não estava disposto a falar. Quando a tomografia computadorizada e tudo o mais que a fotografia e sondas eletrônicas podiam revelar foram afinal interpretadas, e tanto Klein como Hurley insistiram na necessidade de uma biópsia, ele consultou sua agenda de bolso e disse a Hurley que poderia fazer o exame na última segunda-feira de abril, pois Clara estaria fora durante toda aquela semana. Do contrário, gostaria de se submeter ao exame fora da cidade, em Boston, por exemplo.

Não uso pijama quando vou para a cama com minha mulher! Se Clara estiver fora ela não poderá passar a mão sobre curativos e pontos e me perguntar o que aconteceu.

Você não pode esconder dela esse tipo de coisa, disse Hurley. É um erro grave.

Não é essa minha intenção — assim que eu souber o que é e que providências serão tomadas, claro que pretendo contar a Clara. E também vou dizer a ela que converse com você, com o doutor Steele e com o doutor Klein.

Você sabe que a ferida não vai cicatrizar em apenas uma semana.

Sei, mas o curativo estará menor e, se for preciso, direi uma mentira inofensiva: que finalmente me livrei da verruga que tanto a preocupava. Por falar nisso, vamos pedir ao doutor Steele para tirar esse negócio quando estiver trabalhando nessa área. O mais provável é que os resultados da biópsia já estejam com você quando ela voltar.

Bem, não havia mais nenhum motivo de espera; ele acabara de receber todas as notícias que importavam, para ele ou qualquer um. Era terça-feira. A reunião do conselho diretor da sociedade de zoologia terminaria na quinta, de modo a não interferir no fim de semana. Ela poderia retornar a Nova York na sexta, a tempo de irem juntos para Crow Hill. Mas ele não achava que estava pronto. Seria melhor ligar assim que voltasse do jantar na casa de Anna Williams e insistir com Clara para que ela, em vez de vir, passasse o fim de semana com Sam. Por que não aproveitar a estada em San Diego para visitá-lo em Stanford? Poderiam fazer um daqueles passeios pela região vinícola de Napa. Praticamente qualquer coisa seria melhor do que um fim de semana lidando com a notícia do câncer de Mistler. E seria bom que, quando ele afinal lhe contasse, ela tivesse uma imagem recente de momentos agradáveis e relaxantes — sobretudo de momentos em que ele não estivesse no primeiro plano. Isso poderia até ser uma oportunidade, enquanto Mistler ainda estava à beira da terra-de-ninguém, antes de partir para a zona de guerra, de proporcionar a si mesmo um presente especial. Algo que pudesse saborear nos meses ou semanas por vir. Ele necessitaria desse resquício do gosto da ternura.

Durante a última visita que fizera a Rick Vernhagen no hospital, poucos dias antes de sua morte, Vernhagen lhe mostrou um pequeno objeto cônico ligado ao tubo da alimentação intravenosa. O objeto estava preso ao lençol. Mistler ainda não o tinha notado porque estava encoberto pela mão de Vernhagen. O doente parecia muito debilitado, a um ponto inconcebível. Os glóbulos de líquido marrom-escuro drenados do estômago pelo tubo, que tinha sido inserido por uma das narinas e pela laringe, haviam desgastado suas cordas vocais. Mistler aproximou ao máximo sua cadeira dos travesseiros em que Vernhagen descansava a cabeça e se esforçou para compreendê-lo.

Você está vendo, crocitou Vernhagen excitado, mexendo para a frente e para trás com o objeto, que terminava num botão de plástico branco, eu amo isto aqui, amo! Você aperta o botão, como se chamasse o serviço de quarto, e ele lhe traz o nirvana. É isso aí, e você não tem que falar com o garçom do andar nem lhe dar gorjeta!

A enfermeira particular em serviço naquele momento, vendo que Mistler não tinha compreendido, explicou que aquela era uma nova maneira de lidar com a dor. Quando esta ficava muito intensa, o paciente apertava o botão para liberar a morfina, que se misturava ao soro e imediatamente fluía veia adentro.

O senhor ficaria surpreso com esses sujeitos, continuou ela. Nunca vi nenhum deles usar isso só para curtir um barato.

Bem, ele não demoraria a descobrir de que maneira as lembranças de uma vida feliz se comparavam com a morfina e o Demerol. Se Clara o chamasse para tomar um avião e juntar-se a ela e a Sam, diria que Hurley lhe recomendara repouso. Para ele, um fim de semana prolongado com Clara e Sam não era exatamente o tipo de presente de que necessitava. Eles teriam tempo para alguns fins de semana assim, talvez até para umas férias, logo que terminasse o semestre em Stanford, caso Sam conseguisse não desperdiçar todo o tempo corrigindo provas e dissertações de fim de ano e ele, Mistler, pudesse tomar certas providências ligadas à empresa e se assegurar da solidez do negócio com a Omnium. Por ora, que Plutão lhe concedesse, por piedade, meros dez dias desocupados e serenos. Iria a Veneza. Era o único lugar no mundo onde nada o irritava. Não havia necessidade nem de reserva nem de planejamento. Ele sabia onde se hospedar, qual o quarto a ser pedido e como evitar os turistas que alimentavam os pombos em San Marco ou seguiam, qual um navio horrendo na esteira do rebocador, alguma poliglota tagarela, com um guarda-sol aberto de cores esquisitas. Sua consciência não o atormentaria se ele deixasse de ver esse ou aquele quadro ou monumento essenciais. *Vedi Napoli e mori!* Não era como se a pessoa pudesse capturar uma obra-prima na retina e assim transformá-la num objeto funerário que a acompanhasse, como a um faraó, ao túmulo. Ele vinha observando Veneza com cuidado desde a época da faculdade; rever ou não um determinado Ticiano ou Bellini seria como, numa recepção, optar por se despedir dos convidados ou sair à francesa. Algum intrometido, curioso e crítico — por definição, praticamente qualquer amigo de um casal —, poderia considerar essa viagem sem Clara uma espécie de golpe sujo. Ele era de outra opinião. Além disso, se ela desse sinais de ressentimento, eles poderiam retornar com Sam. Ele aceitava a idéia de que uma viagem familiar, não importa quão cansativa e difícil, seria indispensável enquanto ritual e deveria ocorrer antes de ele entrar na "zona de guerra". Veneza ainda estaria lá, esperando por mãe, pai e filho. E talvez a noiva do filho também, e o filho dela. Ninguém deveria sentir-se excluído.

Era fácil montar a encenação de sua escapada. Poderia partir domingo à noite, antes que Clara voltasse da Costa Oeste — supondo que ela seguisse o conselho dele e se organizasse para encontrar Sam. Na realidade, se Clara o chamasse para se juntar a Sam e a ela no fim de semana, a negativa dele seria peremptória justamente por causa da viagem à Itália. Pretextos não faltavam: o império milanês da moda que ele vinha cortejando com tanta assiduidade e que já tinha propiciado trabalho à agência o convidara, inesperadamente, para uma reunião. Como ele poderia recusar? Quanto a levá-la junto, esse tipo de viagem a Milão representava tudo aquilo que ela, com bastante racionalidade, odiava na vida empresarial dele. Mistler ocupado o dia inteiro em reuniões, deixando-a presa à mulher do presidente da empresa cliente. Depois, à noite, ambas, como artistas de aluguel, tendo de repassar todo o repertório de conversa social sobre crianças, estereótipos culturais abomináveis, e as maravilhas dos *funghi porcini* ou de qualquer outro ingrediente nativo que porventura figurasse no topo do cardápio do restaurante pomposo a que teriam sido levadas. Ela desempenhava seu papel corretamente nessas ocasiões. Em geral, não antipatizava tanto com as pessoas quanto ele. Mas sem dúvida ficaria grata de não ter de ir a Milão se ele lhe dissesse que a presença dela não era particularmente esperada. O desvio até Veneza — dependendo de como e quando ele o mencionasse —, bem, ela o tomaria como outro exemplo de seu comportamento canalha ou, então, como uma bem-vinda obediência às recomendações de Bill Hurley no sentido de que ele reduzisse o ritmo de trabalho.

Mistler ficou horrorizado ao notar a eficiência, mesmo quando a eternidade lhe queimava os olhos como um deserto, com que planejou as mentiras que diria: prova de que a prática leva à perfeição. Já que seguia por esse caminho, será que não deveria apressar sua libertação dos planos e das obrigações e ligar para Anna a fim de escapar de seu jantar? Sete e meia. Para testar a atenção da governanta, tocou a campainha em vez de usar a chave. Madame Marie abriu de imediato e lembrou-lhe que ele deveria aprontar-se para sair. Era assim que devia ser. Que satisfação ter esse modelo de perfeição trabalhando para eles, uma mulher bonita e bem treinada — não por Clara, evidentemente, pois ela era igualitária demais no modo de tratar os empregados. Eles a tinham herdado do cônsul-geral da Bélgica, que partira para um posto de embaixador na Suécia. Mistler esperava que Clara conservasse a mulher e o apartamento. Em geral, seria mais fácil partir se acreditasse que tudo o mais permaneceria inalterado. Continuidade. Um vídeo da vida feliz de Mistler rodando, mas sem Mistler. Tal como em suas fotos familiares: Mistler não aparecia em quase nenhuma delas, pelo excelente motivo de que em geral era ele quem as tirava. Ele tinha acabado de resolver discar o número de telefone de Anna quando se deu conta de que a exemplar madame Marie ficaria desapontada se ele rompesse um compromisso antigo e obrigasse a simpática sra. Williams a rearrumar a mesa, e ela, Marie, tivesse de ajeitar uma refeição improvisada para *monsieur*. Não se deve confundir os empregados, sussurrou uma voz ao ouvido de Mistler, que ele reconheceu como de sua mãe. Portanto, agradeceu a madame Marie e, cantarolando a "Ode à alegria", subiu para mudar de roupa.

O West Side. O prédio de apartamentos de Anna ficava defronte do Museu de História Natural. Mistler disse ao motorista para estar de volta às dez e meia. Ele queria se recolher mais cedo essa noite.

Uma lua imensa, como uma laranja seleta cortada ao meio, tenra e perplexa, estava suspensa sobre o East Side. Parou para admirá-la. Vince também se deixara ficar, boné na mão, esperando para ver Mistler entrar a salvo no saguão, onde a tarefa de protegê-lo passaria às mãos de fosse lá quem tivesse a jurisdição ali. Um rapaz de aparência agradável, vestindo jeans e camisa branca de colarinho aberto, parou ao lado de Mistler, apontou para o céu e deu um sorriso.

Nada mau!, falou ele com um sotaque que podia ser australiano.

Mistler concordou e disse a Vince que podia ir embora. O rapaz entrou com ele no saguão e depois no elevador e apertou o botão do andar de Anna. De novo com um sorriso largo, disse: Estamos indo para o mesmo apartamento. Sou da Nova Zelândia. Explorando Nova York. Ouvi quando você disse seu nome para o cara no saguão. Meu nome é Thomas.

Que também é o meu primeiro nome.

Legal!

A porta do apartamento de Anna estava aberta. Podia-se ouvir a cacofonia das vozes dos convidados. Era, afinal de contas, uma festa grande, provavelmente um jantar americano; ela não teria sentido falta dele. Mistler tocou a campainha e entrou, esperando que o rapaz o seguisse. Mas isso não ocorreu. Fazendo um gesto circular com a mão, em cujos dedos Mistler notou muitos anéis, ele usou uma chave para entrar pela outra porta do piso, que levava, provavelmente, aos quartos dos fundos. Um pequeno mistério. Seria ele o filho de um amigo que entrava furtivamente para vestir um terno antes do jantar? Um empregado que não iria servir à mesa? Mistler não conhecera o sr. Williams; lembrava vagamente de Anna ter dito anos antes que o negócio do marido consistia em construir piscinas, em Hobe Sound. Tinha sido um desses casamentos precoces e de curta floração que ocorreram a algumas pessoas no ano seguinte à mudança delas para Nova York, algo assim como uma batida de carro após a formatura na faculdade. Sem gozar de mandatos longos, diversos homens o sucederam como companheiros reconhecidos de Anna. Seria esse garoto de praia um objeto sexual que chegara cedo e esperaria pacientemente, assistindo à televisão sem som, até o último convidado sair e Anna voltar para o quarto, estender-se luxuriosamente na cama e jogar longe os sapatos? Mistler conhecia o gesto. Mas ele imaginava que Anna já tinha deixado para trás esse tipo de brincadeira pós-jantar.

Havia uma cara nova na sala, a jovem de cabelo castanho liso e sem maquiagem — todos os outros eram, como talvez dissesse o pai de Mistler, os de sempre, só que um pouco mais. Como não se via Phoebe Gansevoort em nenhum lugar, a jovem era o par de Tony Gansevoort ou Anna a convidara para completar a mesa. Seria possível os Gansevoort terem se separado sem que ele ou Clara tivessem ouvido falar alguma coisa? Fazia tempo que ele não via Tony. A transformação não era agradável. O cabelo, antes castanho como o da moça e agora de um cinza sujo, estava comprido, talvez até mais comprido que o dela, e, o mais extraordinário, preso num pequeno rabo-de-cavalo. Antes de Gansevoort se levantar para cumprimentá-lo, Mistler vislumbrou as pernas cruzadas dele e notou que usava, sem meias, sapatos belgas de camurça preta, do tipo que o velho sr. Mistler chamava de chinelos de puteiro. Sem dúvida, isso era o chique, rico e informal que, alguns anos antes, predominara entre os homens da idade de Mistler. O traje se completava com um blazer azul largo, demasiadamente inglês, e calças marrom-claras. O que aquele velho tolo pretendia ao se vestir, numa noite de terça-feira em Nova York, como se estivesse na praia? Mistler não conseguia imaginar que Phoebe — para quem os pequenos detalhes eram regidos por princípios — pudesse tê-lo deixado sair de casa vestido como um personagem de romance de Tom Wolfe. Ou ela perdera toda a autoridade sobre o marido ou a relação deles passara de fato por uma revolução.

Minha amiga, Lina. Já se conhecem? Como tem andado? O comprido braço esquerdo de Gansevoort alcançou a mulher de cabelo castanho e puxou-a para seu lado.

Acho que não.

Mistler não estava interessado em responder à segunda pergunta. Gansevoort tinha um fraco pela sinceridade: ouvir que a pessoa estava "muito bem" provavelmente não o deixaria satisfeito. Ele gostaria de saber como Mistler estava de verdade.

Mas eu conheço o senhor Mistler. Daquelas fotografias da sua viagem de balão na Borgonha. E da campanha para os cosméticos Love! Brilhante! Anna me colocou a seu lado. Estou emocionada!

Que simpático.

Mistler teria preferido que Anna, ou mesmo Phoebe Gansevoort, fosse sua companheira de mesa. Ele conhecia Phoebe desde sempre. Havia nela um jeito de garota má, encrenqueira, pronta para qualquer coisa de que ele gostava, exatamente a mesma característica que o fizera evitá-la, tempos antes, quando ela estava numa idade capaz de atraí-lo. O mais provável é que ele não tivesse sido colocado ao lado de Anna por ser um velho amigo. Ou teria sido colocado entre Anna e essa suscetível Lina, cujo sobrenome não lhe tinham dito?

Resultou que o plano de Anna contemplou a última alternativa, mas tanto fazia. Dada a maneira como ela dispusera os lugares à mesa, como iria ele abrir-se com uma velha amiga, falar-lhe sobre Clara e Sam, a menos que esperasse a saída do último convidado e que não houvesse outro Thomas também esperando, exclusivamente, por Anna? À direita dela, estava sentado um de seus escritores, Raymond Weiss, um pilar do Upper West Side, cuja obra mais recente, também editada por Anna, fora aclamada pelo crítico do *New York Times* como um catastrófico exemplo de confusão mental e falta de talento, enquanto na *Times Book Review* uma colega romancista do mesmo grupo étnico e praticamente o mesmo endereço, ela própria com um livro novo a sair no outono, solucionou o problema usando quase toda a resenha para tratar em termos gerais da dificuldade de manter, numa longa carreira, a excitação de uma obra ambiciosa, ainda que talvez excessivamente introspectiva. Pouco importa: o julgamento do público leitor tinha acabado de conduzir o livro de Weiss ao segundo lugar na lista dos mais vendidos. Uma vez que a festa tinha sido dada na realidade em homenagem a Weiss, era um espantoso golpe de sorte ver Anna inocentada de qualquer suspeita à última hora. Quem poderia culpá-la por dedicar sua atenção ao cavalo que acabara de correr e ganhara? De vez em quando, ela se virava para Mistler, a fim de incluí-lo na conversa com Weiss. Mistler compreendeu o sinal. Ele deveria dizer algo sobre o novo livro, que não lera, e sobre os anteriores, que lhe eram igualmente desconhecidos. A falta de conhecimento não era um problema. Anna lhe ensinara que a última coisa que um autor deseja nessas circunstâncias é ouvir algum sr. Mistler expressar opiniões literárias à guisa de crítica, embora respeitosas. Bastava dizer que admirava a capacidade do mestre em insuflar vida aos personagens — no romance novo e em todos os outros. Ele adotou a regra de Anna e viu Weiss resplandecer e assentir com infinita afabilidade e falta de modéstia. Basta. Gansevoort estava do outro lado da mesa, à direita, ao lado da agente de Weiss, uma carcaça como este só que do sexo feminino. E, no entanto, Gansevoort parecia estar se divertindo. Melhor para ele.

Tantos rostos familiares entre os vivos, e também havia uma multidão surpreendente de gente morta que ele conhecia. O pai, a mãe, *tante* Elisabeth e, claro, o velho Sam Abthorp. Constituíam o grupo familiar, junto com os avós, embora estes, tendo morrido quando ele ainda estava no colégio, não parecessem contar. Harry Lovett. Os fantasmas confusos dos amigos do pai e da mãe, que, em sua maioria, tinham morrido na Flórida, na maior discrição, eximindo a pessoa de comparecer ao serviço fúnebre deles. Sears, seu maior amigo na escola, que morreu ao bater com o carro numa árvore a caminho de casa depois dos drinques habituais no clube de golfe. O irmão de Sears deu-lhe a notícia por telefone. Cobriu o fone com a mão e virou-se para Clara dizendo, é o Dick Sears. Acaba de me dizer que o George morreu. Num acidente de carro. Só poderia ser, retrucou ela. Warren, um colega de faculdade e vizinho, cuja casa ele podia ver do outro lado da baía de Narragansett quando estava no gramado da frente de Crow Hill. A morte dele, por ataque cardíaco, tinha sido a mais recente. Ele estava olhando o filho pequeno, fruto do terceiro casamento, brincar na piscina de areia que Warren mandara instalar bem naquele fim de semana, profanando o gramado de cento e cinqüenta anos. Devia haver muitos outros. Talvez fosse bom examinar os álbuns do último ano de faculdade e das reuniões de turma. A lista estaria em algum lugar no fim do livro, *In memoriam*. Marquand não fez o falecido George Apley dizer que tinha medo de morrer porque o fato de conhecer tantos bispos mortos lhe dava a certeza de que entraria nos melhores clubes do céu? Não valia a pena procurar a citação. Ao que lhe era dado saber, os três prelados de suas relações estavam vivos, mas o conceito era válido. Ele não seria um pioneiro; o caminho estava bem trilhado. Sentiu seu rosto se enrijecer, transformado em monumento de pedra. E o reorganizou num sorriso simpático.

Senhor Mistler, senhor Mistler?

Era a amiga de Gansevoort.

O senhor estava perdido em devaneios. Eu queria lhe falar.

É mesmo? Desculpe. Estava ouvindo a conversa em geral. Meu médico afirma que ouço muito bem, mas cada vez mais acho difícil ter certeza de que acompanho o que se diz quando há mais de uma pessoa falando. E devo então parecer um tanto estranho — distraído? Concentrado?

Como é que surgiu a idéia, perguntou a moça, de andar de balão pela França para vender o vinho da Califórnia? Não era extremamente perigoso dar a idéia de vinho francês às pessoas a quem o senhor estava tentando vender um Cabernet americano?

Perigoso? Você está querendo dizer que eu me arriscava a meter os pés pelas mãos? O cliente pensou isso, exatamente como você. Mas acredito que os vinhos franceses estejam na cabeça do consumidor de qualquer maneira, e, portanto, é inútil fugir do problema. A mensagem da campanha, como a imaginei, era esta: Pois é, fazem um vinho excelente na França, e tem sido assim desde o tempo dos romanos, mas fomos até lá e aprendemos os segredos deles. E temos algo que eles não têm — o melhor e o mais moderno equipamento, uma abordagem científica do processo e um clima confiável. Você está lembrada de que cada vez que tomamos o rumo da região vinícola da Califórnia vemos um esplendoroso céu azul? Então você me vê na gôndola do balão contemplando um antigo e elegante *chai* em meio a chuvas torrenciais. As chuvas são muito importantes. Uma mensagem enviada diretamente ao inconsciente do consumidor.

Era espantoso falar tanto.

Mas por que o senhor mesmo aparecendo no anúncio? Pelo fato de ser assim um homem tão bonito?

Claro, e também convencido de morrer.

Tony nunca disse isso do senhor.

Prova de sua lealdade e discrição.

Então ele não lhe disse que sou uma destruidora de lares?

E é? Bem, faz tempo que não converso com Tony.

Ele e a mulher se divorciaram. Mas não por minha causa. Sou uma aquisição relativamente recente. Só disse que era uma destruidora de lares para ver o que diria.

O que poderia dizer? Talvez que o comitê de aquisição de Tony deveria ter se levantado e aplaudido.

Aliás, Mistler achou que o velho sátiro tinha se saído muito bem. Havia uma calidez agradável nessa jovem, sua pele era límpida, e ela fazia bem de não cobri-la com nada. Estava inclinado a apostar que o cheiro natural dela era bom.

É um comitê muito ocupado. O senhor sabe que ele teve muitas namoradas.

Não sei de nada. Tony e eu fomos colegas no colégio e depois na faculdade, e eu costumava encontrá-lo, junto com Phoebe, em festas como esta. Mas só.

Claro, ela retrucou com desdém, aqueles garotinhos lindos em uniformes de blazer e calça curta de flanela cinza.

Mudando de assunto, ela contou a Mistler que era fotógrafa *freelancer* e estava prestes a partir, quase imediatamente, para a Europa. Um trabalho de moda em Milão já estava certo, e seria sua primeira parada. Mais tarde, tinham lhe pedido para trabalhar numa matéria sobre um apartamento que um casal brasileiro havia redecorado em Paris; e essa era para a *Vogue*. Seria ótimo ter alguma coisa entre um e outro compromisso. A agência dele não poderia aproveitá-la em algo? Seria bom ter essa experiência. Ela sorriu. O estilo da frase deve ter lhe agradado. Mistler respondeu que poderia perguntar — se ela lhe dissesse o sobrenome e como poderia ser encontrada.

O cartão assinalando os lugares à mesa só trazia o primeiro nome dela em letras maiúsculas. Ela escreveu nele com uma caneta barata que tirou da bolsa: "Verano" e, embaixo, um número de telefone.

Fica em Brooklyn Heights, ela lhe disse antes que ele perguntasse.

Que belo nome para ter nesta estação — em qualquer estação!

Também gosto, respondeu a jovem. Só gostaria de poder ir à Itália com mais freqüência.

Coitadinha. Bobagem, não havia motivo para que ela não fosse. Gansevoort, ou os sucessores deste, dariam um jeito nisso, caso não aparecessem os trabalhos certos. Já para ele as perspectivas de viagens freqüentes à Itália eram bem mais reduzidas, embora ela provavelmente estivesse dizendo a si mesma que deveria ser ótimo ter o dinheiro e a liberdade de Mistler. Esse pensamento desagradável levou bruscamente a outro: a possibilidade de que ele tivesse posto a perder o negócio com a Omnium. Na verdade, ele não tinha tempo para a senhorita Verano nem para pensar na forma de continuar a conversa. Mas, em vez disso, deixou escapar: Também estou indo para lá. Estarei em Veneza, minha cidade predileta, na próxima segunda.

Seu erro era pensar que continuaria vivendo como todo mundo e que teria uma chance de aplicar seu dinheiro em companhias menos supervalorizadas que a própria agência ou a Omnium. Com base nessa hipótese, ele insistira para que a Omnium pagasse em dinheiro vivo pela Mistler, Berry e conseguira que Jock Burns concordasse. Mas esse excelente resultado se revelara um completo equívoco, agora que sabia mais sobre si. Se o negócio fosse concluído antes de sua morte — e ele acreditava que tinha de ser assim, mesmo antes de sua doença se manifestar, pois Jock, ao ver a agência sem Mistler, poderia querer recuar —, ele pagaria o imposto sobre o lucro das ações que vendesse, quase um terço do valor da compra! Se conseguisse que Jock voltasse à oferta inicial de pagar com ações da Omnium em vez de dinheiro, seria muito melhor. Então não haveria nenhum imposto sobre a venda, nenhum imposto de transmissão, pois estava deixando quase tudo para Clara para o resto da vida. Sam já havia sido contemplado com a herança da família dele. E, o melhor, as ações da Omnium que iriam para a herança de Clara teriam o imposto calculado com base no valor de mercado. Caso fossem vendidas rapidamente — o que ele achava que deveria acontecer, assim que fosse possível acertar todos os detalhes —, nunca haveria um imposto sobre o lucro do capital na transação. Uma coisa estava clara. Ele tinha de falar com Voorhis e o sócio deste para questões fiscais.

Enquanto isso a senhorita Verano continuava falando: os colegas de Nova York e da Europa, o apartamento de Brooklyn Heights que ela poderia continuar sublocando ou não, um gato que poderia deixar com uma amiga que estava grávida e não podia aceitar trabalhos que implicassem viagens. Ele manteve a atitude respeitosa de ouvinte atento. Uma pergunta rompeu o feitiço.

Posso encontrá-lo em Veneza? Se o senhor tiver tempo. Também gostaria tanto de conhecer sua mulher. Até já vi fotos dela!

Claro.

Para que a conversa voltasse a ser comandada pelo piloto

automático, ele acrescentou: Fale de outros trabalhos que você tenha feito.

Em vez de contar, ela observou: Então o senhor e Tony não são amigos íntimos. Sinto muito.

Então Anna se levantou, e Mistler rapidamente foi para a sala. Gansevoort aproximou-se dele.

Que tal a garota? Você era um dos fãs de Phoebe, não?

Está me perguntando se gosto de Lina? Encantadora. Foi um prazer conhecê-la e vê-lo. Olhe, vou dar um beijo em Anna e cair fora. Ainda tenho de ligar para algumas pessoas antes que elas durmam.

A caminho da saída, também se despediu de Lina.

Obrigada, sussurrou ela. Não se esqueça de Veneza.

# 2.

Empurrando o carrinho de malas pelo aeroporto até o cais onde estavam atracados os táxis-barcos, Mistler começou a sentir tontura, como se tivesse ficado muito tempo tirando baforadas de um charuto com defeito. Teria ele começado a se parecer com sua mãe e certas velhas conhecidas dela, sempre à espreita, como polícia de fronteira, de pontadas dolorosas, inchaços e erupções de pele ainda não identificadas? Do contrário, por que seria tão premente saber se essa mistura de fadiga e náusea era um traço genuinamente novo na paisagem de sua existência? Desde as consultas com os médicos, ele passara a desejar uma ampulheta que mostrasse, a cada momento, a variação de sua força. Provavelmente, não existia nenhum instrumento sensível o bastante para distinguir o efeito de uma noite no avião, mais a espera em Roissy pela conexão, das vicissitudes daquele órgão desajustado e entorpecido dentro dele, mas pelo menos parte daquela sensação de ser incapaz de dar outro passo devia ser um recado enviado por aquela parte do seu corpo. Mistler se equilibrou, encostando-se à amurada, fechou os olhos, depois os abriu e olhou fixamente para a água. O carrinho de malas não era um amigo. Se tivesse chamado um carregador, poderia ter se apoiado no braço dele, ainda que o gesto fosse indelicado. Respirando fundo, para limpar a boca, os pulmões e o cérebro, pediu ao encarregado que lhe arranjasse um táxi.

Uma névoa leve pairava sobre a superfície da lagoa. Mistler estava de pé na popa, indiferente e excitado, à espera do aparecimento das ilhas. O borrifo da água refrescava-lhe o rosto. Acendeu um charuto para encobrir o gosto da saliva e logo o jogou fora. Se Clara estivesse ali, talvez lhe tivesse dado a mão. Ela sempre levava chicletes ou balas de menta na bolsa. Teria sido melhor trazê-la? Esta viagem, a mentira inocente que contara, o anseio de encontrar algo que não podia definir com precisão seriam uma espécie de aposta? Nesse caso, ele estava tanto de um lado quanto do outro. O que ele poderia esperar de qualquer ação? Dentro de algumas semanas ou meses, quando a indisposição aumentasse, ele veria essas férias como de fato eram — uma dispendiosa farsa paga em unidades de força pouco usuais que nenhuma quantidade de descanso ou de sono traria de volta. Será que ele então aprenderia afinal que não adiantava velejar sempre tão próximo ao vento, determinado a manter o curso, obcecado pelo esforço? Entraram no canal. O barqueiro acelerou, deixando para trás uma esteira como um leque de penas brancas. Aqui e ali, botes solitários oscilavam, presos à âncora. Homens pescando enguias? O sol batia nos olhos de Mistler. Ele pôs os óculos escuros, e, como se o gesto tivesse propriedades mágicas, a torre da Madonna dell'Orto, a Fondamente Nuove, tornou-se visível, adquirindo volume. San Michele estava diante deles. O barco diminuiu a marcha. Mistler reconheceu sucessivamente as formas de Santa Maria della Misericordia e as dos Gesuiti e a entrada do Arsenal. Ele gostaria de parar o barco completamente, para que a linha da costa se aquietasse um instante, e a cidade pudesse ser assimilada com mais intensidade. Mas seria esforço demais atravessar a cabine para falar com o barqueiro lá na frente e lidar com o espanto dele diante de um pedido não incluído no preço do percurso. Contentou-se em olhar com atenção. As fachadas dos palácios apareciam misteriosamente e desapareciam enquanto o barco serpenteava pelos canais laterais. Passaram o Hotel Metrópole. San Giorgio estava diante deles, bem na frente. Ao virarem em direção à boca do Grande Canal, surgiram Dogana e Salute. Tremulações de azul, dourado e branco. O barco virou na direção oposta, um homem que tinha passado a vida toda fazendo exatamente aquela tarefa pegou o cabo que o barqueiro lhe atirou e amarrou o barco. Pela primeira vez na vida sentindo algo parecido com enjôo, Mistler pisou em terra firme e entrou no saguão do hotel.

O *signor* Anselmo, o chefe da portaria, e seu assistente, que Mistler considerava, conforme seu humor, amigos ou uma espécie de investimento duvidoso, mais ou menos como os paraísos fiscais que não davam retorno mas faziam infindáveis solicitações de recursos, se aproximaram e, apressados, roubaram a cena do subgerente.

*La signora* já está aqui, murmurou o *signor* Anselmo.

O homem estava maluco? Não o reconheceu? O que estava resmungando? Pouco antes de sair para o aeroporto, Clara tinha ligado, dizendo que estava em San Francisco. Se isso fosse algum tipo de truque de um filme dos anos 40, ela poderia, naturalmente, ter na realidade telefonado do aeroporto Kennedy e tomado um avião da Alitalia para Milão, situação em que teria chegado a Veneza primeiro, antes do vôo dele, que vinha de Paris. Nunca soube que ela gostasse de fazer surpresas ou de pregar peças espalhafatosas. Aliás, no que se refere a peças, essa, ainda que bem-intencionada, seria mal recebida; exasperante não seria exagero. Mistler não tinha tempo para ser paciente, muito menos se divertir, com interferências alheias em seus planos. Evidentemente, Clara ainda não sabia disso.

*La signora* trouxe flores e deixou a bagagem aqui embaixo. Devo mandar que levem as malas para cima?

Sem dúvida, junto com as minhas. Preciso delas imediatamente.

Bem-vindo a sua casa em Veneza, senhor Mistler. Seu apartamento é o de sempre. Esse era o subgerente.

Obrigado. Então não é preciso me acompanhar. Basta que eu leve a chave.

*La signora* já levou.

Então me dê a cópia.

Mistler recusou a mão que o livraria do peso de sua pasta. Sua agenda de endereços estava ali. Manhã bem cedo em Nova York, hora perfeita para pegar as pessoas em casa, algumas antes mesmo de se levantar da cama. Não importa como se sentisse, esse era o momento para seus telefonemas. O elevador parou no segundo andar. Seguiu o tapete vermelho-sangue até a porta dupla no fim do corredor e a abriu. Uma capa de chuva pendurada no pequeno vestíbulo. Não era de Clara. As duas janelas enormes da sala de estar que davam para o canal estavam abertas; "I've got you under my skin", assobiada com estranha correção, podia ser ouvida no outro cômodo, que ficava à direita. A porta estava aberta. Clara não assobiava e cantava o repertório de Cole Porter com voz desafinada. Mistler pôs a pasta no sofá, bateu e, sem esperar resposta, entrou. A suíte, afinal de contas, era dele. Sentada na cama, vestindo um roupão de algodão felpudo branco com as iniciais do hotel, estava Lina Verano. Ela secava os dedos dos pés, um a um, com uma pequena toalha de mão.

Senhor Mistler! Ela se levantou. O cabelo estava molhado e caía em mechas em suas faces impecavelmente macias. Ela era mais bonita do que lhe parecera na casa de Anna, mas, sob a luz forte do dia, parecia menos juvenil.

Por favor, me desculpe. Seu avião deve ter chegado cedo. Achei que ainda teria mais uma hora antes de o senhor chegar, por isso tomei um banho. Eu teria posto tudo no lugar e ninguém nem teria percebido nada. Olhe, eu lhe trouxe isso.

Ela apontou. Havia rosas e peônias — cor-de-rosa, brancas e vermelhas — na penteadeira do quarto, na mesa de centro e nas mesinhas redondas de tampo de mármore da sala de estar.

Não são lindas? Diga alguma coisa, senhor Mistler!

Só uma coisa me ocorre: o que você está fazendo no meu quarto de hotel?

Alguém, presumivelmente o empregado da recepção, bateu à porta. Mistler gritou: *Avanti!*. A bagagem dele. Logo depois, o empregado apareceu, puxando uma mala cinzenta com rodinhas como um vira-lata pela correia. Mistler deu-lhe uma gorjeta e esperou o homem acomodar a bagagem no quarto.

Vou repetir: o que você está fazendo aqui?

O senhor sabia que eu vinha visitá-lo em Veneza. E me disse que estava bem que eu viesse. Não encontrei lugar em nenhuma das *pensioni* que conheço, por isso vim para cá, só para encontrá-lo. Deixei a mala lá embaixo. Desculpe ter usado o banheiro. Acho que não o entendi tão bem quanto imaginei. Achei que o senhor poderia ficar contente de me ver. Que poderia achar divertido. Quem sabe?

E o que diria minha mulher?

Eu sabia que ela não vinha! Liguei para o hotel no dia seguinte ao da festa da senhora Williams para me certificar de que o senhor se hospedaria aqui, e me disseram que a reserva tinha sido feita apenas em seu nome. Então, para ter certeza, liguei também para a companhia aérea. Isso é tão importante assim? Posso ir embora agora mesmo. Se encontrar um lugar para ficar, ligo amanhã para o senhor. Posso tentar num hotel em Mestre. Não são tão caros.

Meu Deus do céu, disse Mistler. Você não pode sair daqui vestida desse jeito. Ao passar pela recepção, eles lhe tirariam o roupão, e nem quero imaginar a confusão que se instalaria. Olhe, me dê quinze minutos. Estou exausto e tenho de dar alguns telefonemas.

Sinto muito. Posso ficar no quarto enquanto o senhor liga.

Ela se ajoelhou ao lado da mala horrorosa, tirou um livro de dentro e disse que não se importaria se ele fechasse a porta.

Ele tinha estado com Voorhis no dia seguinte ao do jantar de Anna Williams. O advogado logo lhe disse que ele estava certo a respeito do imposto e em seguida lhe perguntou por que estava se preocupando: tinha sido um golpe de sorte conseguir que a Omnium pagasse em dinheiro. Como explicar essa mudança para um pagamento em ações, tanto para o conselho como para os funcionários que possuíam ações e não faziam parte do conselho? Não era melhor que a transação fosse em dinheiro?

Era também o que eu achava, mas agora não mais. Mudei de opinião. Se fizermos o negócio com ações, quem não gostar das ações da Omnium pode vender sua participação, e os que acreditam em ações de agência de publicidade podem mantê-las sem que tenham de pagar imposto.

Há restrições à venda. Por isso não queríamos fazer o negócio com ações.

Livre-se de todas que puder. Quando pensarem nisso, eles verão que, na realidade, as restrições não são assim tão importantes. Eles deveriam se concentrar para que a transação seja completada. Não se esqueça de que não podem vender ações da Mistler, Berry de jeito nenhum. Acho que posso dizer aos funcionários que trocar ações da Mistler, Berry por ações da

Omnium é uma efetiva diversificação. Eles terão um investimento no componente representado pela Mistler, Berry, e cabe a eles fazer crescer esse investimento, além do investido em todas as outras agências e negócios da Omnium, que têm outras pessoas à frente, que têm clientes diferentes, e assim por diante, e isso será vendável, mesmo que haja restrições. Além disso, acho que posso fazer com que Jock Burns pague um preço mais alto se disser que aceitaremos as ações deles em vez de dinheiro.

Não era difícil adivinhar que, se Mistler revelasse por que havia mudado de idéia, Voorhis se agarraria à questão de revelar, ou não, a razão dessa mudança de curso. Por uma questão de honra colegial, Mistler sabia que o motivo deveria ser revelado. Mas os tempos de escola estavam bem distantes. No que concernia a ele, Mistler, dizer a Jock uma mentira, cara a cara ou no contrato, era impensável, mas ninguém havia perguntado nada sobre a saúde dele ou de qualquer outro do comitê executivo. Tudo com que os advogados e banqueiros de investimento da Omnium pareciam importar-se era com o seguro do homem-chave. Eles tinham esse seguro? Mistler estava segurado? Quem mais? Sim, e por um valor muito mais alto do que a Omnium imaginara. As apólices de seguro foram apresentadas para análise. Eles receberiam o dinheiro por um dos homens-chave bem antes do esperado. Era engraçado, para Mistler, pensar no ódio com que sempre pagara o seguro. Na realidade, a empresa também possuía um seguro de vida em nome de Mistler — dez milhões de dólares, se a memória não lhe falhava — pagável ao seu espólio. Talvez isso não tivesse muita importância no grande projeto da sua saída, mas ele não podia negar que se tratava de um belo presente de despedida.

A Omnium tem ações autorizadas em número suficiente para fechar o negócio dessa forma? Eles precisam obter a aprovação dos acionistas?, Mistler perguntou a Voorhis.

Ele esperou com impaciência enquanto Voorhis procurava em meio à bagunça inaceitável de sua mesa os relatórios financeiros da Omnium e a calculadora. Após o que parecia ser uma série de enganos, ele disse: Aqui está. Sim, ao preço da cotação de ontem, mais do que o suficiente. Qual o porcentual a mais que você acha que consegue deles?

Talvez quinze por cento.

Ainda assim há o suficiente, e não precisa ser aprovado.

Eles podem fechar o negócio sem assembléia de acionistas, sem solicitação de procurações, e tudo o mais?

Sim, eles não estão na Bolsa de Nova York. Vou me certificar outra vez, mas estou quase certo de que é isso mesmo.

Era um alívio, assim como um carro que pega quando tememos que a bateria possa ter arriado, a rolha que não se esfarela quando a extraímos de uma garrafa de um vinho velho, uma ejaculação adiada heroicamente no último instante. Ele queria que o negócio fosse feito, sem demora. Voorhis lhe dissera que a Omnium tinha tomado as devidas precauções e que o acordo estava na reta final.

E quanto a nossas próprias precauções?, indagou Voorhis. Não tomamos nenhuma, por falar nisso, pois eles iam pagar em dinheiro, mas se estamos recebendo ações, não deveríamos fazer uma investigação a respeito da empresa?

Não é preciso, respondeu Mistler. Vamos confiar nos registros da Comissão de Valores Mobiliários e pediremos garantias mais qualquer outro detalhe que você considere necessário. Por favor, bote esse bloco na rua! Por falar nisso, o que estamos dando como garantia? Você aprovou algo fora do normal? E o que temos a dizer dos contratempos no nosso negócio?

Eles fizeram todo tipo de exigência, mas acabamos chegando ao que você queria: damos a garantia da nossa posição financeira e confirmamos que nossos principais clientes não pretendem renegociar suas contas. E só damos a garantia no dia em que assinarmos o acordo da venda. Depois disso, o negócio está praticamente fechado.

Deixe assim como está.

Está certo, pensou Mistler, faça o que tem de fazer e deixe as questões desagradáveis para mim. Tais como: por que estou fazendo isso? Efetuar a venda em dinheiro é um bom negócio. Clara e Sam estão ricos de qualquer maneira, e Sam não vai saber o que fazer com esse dinheiro todo. Uma coisa é ficar em silêncio e levar adiante o negócio. Mesmo isso não é lá muito correto. Mas renegociar com Burns, como se estivesse tudo bem! Por que cruzar a linha que o distingue de homens cujas mãos não apertaria? A resposta é: sempre terminei tudo que comecei, sempre fiz do meu jeito. Pensando nisso, ter aposentado Peter Berry também não foi uma atitude simpática. O negócio era bom para a Mistler, Berry antes que eu soubesse da doença e continua sendo bom. Talvez até melhor, porque o velho e bom Jock Burns vai manter a agência unida, ao passo que eu não tenho nenhum sucessor capaz disso. Que tipo de negócio a Omnium está fazendo, isso é problema deles. Meu pai vai se revirar no túmulo? Vou lhe fazer essa pergunta quando o encontrar. Mas se ele estiver de algum modo se revirando lá embaixo, deve ser pelas coisas que ele mesmo fez à própria firma!

Mistler notou que Voorhis o fitava.

Thomas, qual é exatamente o problema?

Para dizer a verdade, nada a ver com a agência.

O problema era que ele de fato gostava muito de Voorhis. Caso contrário, já teria desistido de ouvir a opinião desse homem convencional e muito honesto, tão apaixonado por sua esposa aquarelista e tão inconsciente das investidas que ela fazia para se aproximar do principal cliente dele. Todas cuidadosamente ignoradas por esse cliente, é claro.

Olhe, meu velho, disse ele, trata-se de um problema pessoal. Eu estou morrendo. Mas acho que posso me manter numa forma razoável até a conclusão do negócio e provavelmente sobreviver mais um pouco de modo decente, se você se empenhar de fato nessa transação. Tudo bem? Qual a margem de risco que temos?

Ele interrompeu o lamento de Voorhis no meio de uma frase.

Vamos deixar isso para outra hora. Neste momento, só os médicos e você sabem disso, e quero que esta situação se mantenha assim tanto quanto possível. E não conte a ninguém, nem mesmo a sua mulher!

Quando você soube?

Com certeza? Só ontem. Voltemos ao trabalho agora. Qual o meu risco legal?

Preciso pensar.

Voorhis enxugou os olhos. Se o negócio for fechado, disse ele, muito pouco — ou seja, a Omnium poderia argumentar que nessas circunstâncias o segredo sobre sua doença foi fraudulento e tentar desfazer o negócio, mas duvido que o façam. Não seria bom para a Omnium admitir que um homem importasse tanto, e eles não fizeram pergunta nenhuma. Eles acabariam dando a impressão de idiotas tanto para os clientes como para os analistas financeiros. Pelos mesmos motivos, não me parece que iriam atrás de seu espólio para cobrir prejuízos. Seja como for, seria difícil provar a existência de prejuízos. Se descobrirem antes da conclusão do negócio, porém, eles podem tentar tirar o corpo fora. Você quer saber qual meu ponto de vista segundo a ética dos negócios?

Provavelmente, não. Mas diga assim mesmo.

Não é bom. Você não deveria concretizá-lo. Aos que vão acabar tirando conclusões — e serão muitos —, solicitar ações neste momento fará com que você pareça esperto e egoísta. E há uma questão mais importante: você terá passado a perna em Jock Burns mesmo que a transação fique como está? Seja como for, sua memória estará manchada.

Entendo o que quer dizer. Será que me esquivei de alguma pergunta deles?

Que eu saiba, de nenhuma. Você não se esquivou de nada que eles tenham proposto ou perguntado.

Você se esquivou de alguma em meu nome? Não vejo como isso poderia ter ocorrido. Você não sabia de nada.

É verdade. Mas esse fato novo é tão importante que o correto me parece ser revelá-lo, mesmo que eles não sejam espertos o suficiente para perguntar.

Pois bem. Agora vou lhe dizer uma coisa: o "toque Mistler", que tanto interessa a Jock Burns, se é que isso existe, agora está na agência, não em mim. Os rapazes e moças que treinei podem fazer tudo. Alguns clientes vão sentir minha falta, mas eles estão conosco pelo produto, não pelos meus belos olhos.

Você não acredita nisso.

Acredito, e não só por causa desse raciocínio. Pense só na minha idade. Conforme o acordo de trabalho que você me fez assinar, posso me aposentar e me tornar consultor deles aos sessenta e cinco anos, ou posso me aposentar e não fazer nada. Eu nunca seria um consultor. Não preciso do dinheiro. Logo, se um táxi não passar por cima de mim, e se eu não morrer de câncer, como está ocorrendo comigo, eles só vão poder contar com a minha presença por, no máximo, três anos e meio. Grande coisa!

Na presença de Voorhis, e do próprio escritório deste, Mistler ligou para Jock e disse: Olhe, queria lhe dizer que mudei de opinião.

Mistler achou que dava para ouvir o desapontamento na outra ponta da linha.

Não, nada sobre o negócio com vocês, eu não faria nada desse gênero, pois já apertamos as mãos, mas agora estou achando que errei ao pedir dinheiro. Aceitaremos as ações da Omnium, mas, em troca, o valor poderia ser um pouco mais alto.

Um alívio imenso. Que também era audível. Quase não havia necessidade desses telefones com vídeo com os quais sempre nos ameaçam.

Isso poderia ser problemático. Um aumento de quanto?

Eu lhe direi até o fim da semana. O que lhe dará o fim de semana para pensar no assunto, porque, depois de nos falarmos, vou estar fora uma semana — estarei em Veneza. Ligarei para lhe dar a resposta assim que chegar ao hotel de lá. Por favor, diga a seus colegas que a solicitação que estou fazendo é muito séria. Não costumo mudar de opinião com freqüência.

Agora que estava em Veneza, ele precisava ligar para Jock sem demora. Se ele dissesse não, Mistler tinha decidido não armar uma briga. Ele tomaria a resposta como um sinal do céu e do sensível sr. Mistler, seu pai, para deixar as coisas como estavam. Porém, se Jock concordasse, teria conseguido a economia nos impostos, e o aumento de quinze por cento no preço serviria como uma boa proteção caso a saída dele afetasse o valor das ações — mas não prejudicaria tanto as ações da Omnium, não exatamente, não por muito tempo de qualquer modo, se o mercado em geral continuasse aquecido. Discou o número de Jock em Short Hills.

Cá estou em Veneza, disse ele, na minha suíte de sempre, cercado de flores, pronto para sair e comer um prato de *cannelloni* assim que terminarmos nossa conversa, e me sentindo um pouco culpado por este telefonema matinal. Você examinou os números?

Está tudo bem. Vá comer seu prato de *cannelloni* e me mande a conta do vinho. Lembranças a Clara. O negócio é seu.

Todo mundo aqui ficou satisfeito com esse voto de confiança na Omnium. Agora preste atenção, Thomas. Tire umas boas férias. Você tem andado pálido à beça.

Mistler tinha falado ao telefone de pé, encostado ao sofá. Sentou-se e ligou para sua secretária.

Guarde os meus fax até a noite, disse a ela. Não estou a fim de tomar conhecimento deles hoje. E por favor ligue para o senhor Voorhis assim que chegar ao escritório. Não esqueça de fazer isso. Ou, melhor ainda, pode ligar para a casa dele agora. Diga-lhe que Jock Burns disse sim. É, eu disse sim. Nenhuma mudança depois da minha última proposta. Voorhis sabe do que se trata.

Abriu a porta que dava para o quarto. Claro, a moça ainda estava ali, numa cadeira junto à janela, lendo. Mesmo se quisesse, como ela poderia ter saído?

Você já terminou, disse ela. Não quis atrapalhá-lo. Agora é melhor eu ir embora. Foi um erro terrível. Espero que me perdoe. Minhas coisas estão no banheiro. Não vou demorar mais do que um minuto.

Ela tinha a dicção de uma criança polida. Educada rigidamente por pais de classe média baixa. O sal da terra.

Olhe, disse ele, não vamos fazer tempestade num copo d'água. Estou cansado da viagem e preciso de um banho. Mas acabei de realizar uma senhora proeza relacionada aos meus negócios, e será um prazer levá-la para almoçar. Depois do banho. Conversaremos no almoço. Embora o que eu queira, mesmo, é antes de tudo tomar um café. Você também quer um?

Havia algo de humilde ou submisso no jeito como ela assentiu que fez com que ele se arrependesse imediatamente. Tocou a campainha para chamar o serviço de quarto. Não lhe parecia que a tivesse tratado mal. Afinal, ele não a convidara para aparecer no quarto de hotel dele com flores e bagagem, não flertara com ela no jantar e, pelo que ela sabia, se ele não estava indo a Veneza com Clara era para encontrar outra pessoa. O que lhe deu o direito de esperar que ele a paquerasse, pulasse em cima dela, como teria dito o velho sr. Mistler? Seria isso algum tipo de tributo de que ela se achava merecedora? E quanto à lealdade dele para com Gansevoort? Na verdade, pouco lhe importava Gansevoort. Não sendo nenhuma idiota, ela provavelmente já notara isso.

O café estava muito quente. Ele tomou uma segunda xícara e acendeu um cigarro. Era realmente hora de tomar aquele banho. Depois do banho, ele chamaria a camareira e lhe pediria para desfazer a mala. Não tinha importância a confusão que ela faria. Ele arrumaria tudo direito após um cochilo.

Será que também posso tomar mais um café?

Mistler se esquecera dela. Desculpe, disse ele, me desculpe de verdade. Como você está vendo, estou mesmo muito cansado. Não vou me demorar no banho. Depois vamos tomar um pouco de ar fresco. Tudo bem se eu expulsar você daqui? E apontou na direção do outro cômodo.

As roupas dela estavam dobradas numa pilha esmerada sobre um tamborete ao lado da banheira. Bem perto, no chão, a sacola com a câmera fotográfica. Ele levou tudo para o quarto. Quando terminou de se vestir, encontrou-a na cadeira à janela, com o livro na mão. Ela ainda não tirara o roupão.

Você é uma leitora aplicada. Assim que estiver pronta, podemos sair e encontrar algo delicioso para comer. Sei exatamente aonde poderia levá-la.

Será que, em vez disso, poderíamos comer aqui? É um quarto tão bonito. Eu gostaria de continuar tranqüilamente aqui nesta cadeira.

Sem dúvida. Deve haver na mesa uma daquelas pastas enormes com um menu dentro. Aí está, veja se encontra algo de que goste.

*Cannelloni*, disse ela. *Cannelloni* de siri.

Que extraordinário! Acabei de dizer a um sujeito ao telefone que estava de saída para comer *cannelloni* num restaurante, mas só disse isso por dizer. Agora vou comê-los de verdade. Você se importa se tomarmos vinho tinto? Tomaremos um muito bom — *un vino stupendo*! Aquele sujeito simpático disse que eu poderia lhe mandar a conta do vinho.

Ela não se importava com o vinho tinto. Enquanto balançava a cabeça, ela levantou os olhos. Ele viu que ela tinha chorado.

Agora está tudo bem, disse ela. Logo depois do almoço, vou me vestir e sair.

Um idílio em processo, e gorado. Não foi o primeiro. Assim que ela pediu para almoçarem no quarto, ele pensou na primeira vinda dele e de Clara a esse hotel. Era início de verão. Ela estava grávida de Sam. A viagem era então mais cansativa. Tinham tomado o vôo diurno de Nova York a Paris. Os tornozelos de Clara estavam muito inchados quando chegaram e, por isso, ele decidiu que não deveriam seguir para Veneza na noite seguinte. Em vez disso, passaram outra noite em Paris e tomaram o trem noturno para Veneza no dia seguinte. Eles talvez tivessem ficado bem nesse apartamento; isso era o tipo de coisa que Clara poderia ter lhe dito sem hesitar. Seus tornozelos não haviam melhorado, e ela estava com uma expressão de alarme no rosto avermelhado. Telefonaram para o obstetra. Provavelmente porque iria falar sobre funções urinárias, ela pediu a Mistler que fosse para o quarto. O tom de voz aumentou, e ele, embora não tivesse a intenção de escutar a conversa, percebeu quando ela estava prestes a se despedir. Mistler bateu à porta, abriu-a, e perguntou se ele poderia falar com o dr. Wills, escolhido por Clara por ser o papa do método do parto natural em Nova York, embora ele estivesse ligado ao Lenox Hill e não ao hospital onde o tio de Bill Hurley atendia.

Alô, alô, gritou ele para ser ouvido naquela ligação precária. Quem sabe o senhor poderia me explicar rapidamente o que está acontecendo? Eu gostaria muito de compreender.

O dr. Wills o interrompeu. Já foi tudo explicado a sua mulher. Senhor Mistler, simplesmente faça o que ela lhe disser.

Só lhe restava desligar.

O que ele disse?

Silêncio. Como essa moça, Clara estava sentada à janela e começou a chorar. Lágrimas enormes escorriam por ambos os lados de seu nariz, a parte do rosto dela de que ele mais gostava porque se voltava para cima como uma pergunta não respondida, e havia uma gota de muco na ponta da narina esquerda. O queixo tremia, assim como os lábios, que tinham a forma de camarões delicados e pelados, outra parte dela que ele apreciava. Agora os lábios estavam secos e a ponto de rachar. Ela costumava usar um batom Guerlain muito claro — não houve jeito de convencê-la a mudar, embora ele tivesse acabado de fazer sua primeira campanha para os cosméticos Love, e ela soubesse que ele considerava um compromisso de honra usar os produtos de seus clientes —, mas ela aparentemente se esquecera de reforçá-lo antes de sair da gôndola para o cais do hotel, se é que passara batom aquela manhã. Uma pilha de infelicidade e autopiedade. Clara tinha ossos tão grandes que a gravidez mal aparecia, e ele achava que ela ainda poderia vestir roupas normais por mais um mês pelo menos, mas ela usava um vestido de grávida azul-arroxeado, com um cinto largo de couro preto que ressaltava a barriga mais do que qualquer outra roupa. As sandálias baixas de tiras de couro tinham sido feitas para ela por um sapateiro em Hydra no verão anterior. Os dedos dos pés, de tão inchados, tinham um tom azulado mais escuro que o vestido. O esmalte das unhas dos pés estava descascado. Realmente, não havia necessidade de tamanho descuido; não era por lhe faltar dinheiro para ir à sua amada Elizabeth Arden. E aqueles tornozelos em petição de miséria! A pele estava muito esticada e manchada. Ele se ajoelhou ao lado dela e a tocou. O dedo, quando o tirou, tinha deixado uma depressão branca. Incapaz de lembrar onde foi que vira a bolsa dela, ele deu uma olhada pelo cômodo. Lá estava, na poltrona perto da outra janela. De vaqueta vermelha. Ele a comprara na loja Gucci, em Nova York. Será que aquela enorme valise conteria duas peças de roupa que pudessem combinar? Ele tinha cambaleado sob o peso da bolsa, içando-a até o bagageiro que ficava no alto, pois o carregador malcheiroso e antipático abandonara a bagagem à porta do compartimento do trem.

Mistler repetiu a pergunta. Pelo amor de Deus, Clara, o que foi que o sujeito disse?

Ela fungou. Nada. Disse que eu deveria descansar o mais que puder. E que você deveria parar de me importunar. Inclusive à noite.

Da última vez que o assunto surgiu, ele disse que nós poderíamos, depois do terceiro mês.

Isso foi em Nova York. Agora que você me arrastou para cá, quando tudo o que eu queria era ficar no campo, não posso ser importunada.

Tudo bem, disse ele. Já passa de uma hora. Por que você não lava o rosto — ou toma um banho se estiver com calor — e saímos para almoçar? Depois, você pode dormir um pouco. Logo você vai se sentir muito melhor.

Vamos pedir alguma coisa para comer aqui.

Ela estudou o menu. Levou uma eternidade.

Quero *cannelloni*. Pergunta se eles têm *cannelloni* de carne. A partir de hoje à noite, não vou comer nada senão peixe.

O garçom entrou com o carrinho. Água mineral, vinho tinto numa garrafa, fatias de vitela fria para Mistler. Sob a tampa abaulada de prata, os *cannelloni*. Quando o garçom ergueu a tampa, o cheiro derrubou Mistler, como se ele é que estivesse grávido. Enquanto a observava comer, ele tomou um copo d'água, depois o vinho todo, incapaz de tocar na vitela. Ela era lenta para comer. O homem voltou assim que Mistler tocou a campainha — ele poderia estar espreitando atrás da porta — e trouxe a sobremesa. Era época de morangos silvestres. Ele pediu mais vinho, ignorando a expressão dela, e tomou-o junto com o café.

Vou dar um cochilo. Daria para você ficar longe do quarto? Talvez visitar uma igreja ou qualquer outro lugar.

Mistler não se deu ao trabalho de salientar que a Accademia já estava fechada àquela hora e que as igrejas não reabririam senão às cinco. No térreo do hotel ele encontrou um toalete. O sol estava desagradavelmente forte. Arrependeu-se de ter deixado os óculos escuros na mesa da sala de estar. A orquestra do café que havia no lado sombrio da piazza San Marco estava atacando "Besame mucho". Ele foi caminhando nessa direção e imediatamente identificou a mulher. Ela estava tomando uma bebida esverdeada. A mesa ao lado estava livre. Nenhum risco. Se pegasse gonorréia, a doença teria tempo de se declarar antes da próxima ida para a cama com Clara. O apartamento da mulher — na verdade um quarto, com a pia, o bidê portátil e o vaso ocultos por uma cortina —, simpaticamente conveniente, ficava no caminho de volta de Mistler para o hotel, do outro lado da ponte que partia da fachada negra de San Moisè. Ela conseguia se transformar numa bola, com os joelhos à altura do rosto. Depois da primeira vez, ele perguntou se poderia ficar o resto da tarde. Não tenho nenhum *appuntamenti*, ela respondeu. Ótimo! Era um lugar tão bom para descansar quanto qualquer outro.

Por que ele se casara com Clara? Não havia nenhuma razão para não ter se casado. Essa era a resposta a que ele sempre voltava. Eles se conheceram num almoço de domingo em Greenwich, na casa de Harry Lovett, e, quando a refeição terminou, ele se ofereceu para levá-la no carro dele para Nova York. Ela tinha ido de trem, na sexta-feira. Parecia que o pai dela, que ensinava história na Wesleyan, era primo da mulher de Harry. No carro, ela deixou que ele lhe tocasse a coxa por baixo da saia e, depois do jantar no Rao's — onde ela nunca estivera —, acompanhou-o ao apartamento dele. Ah, Clara não era de jeito nenhum esse tipo de garota. Isso era muito evidente, mas ela não se preocupou em explicar. Nem avisou a Mistler que era virgem. O que, no modo de ver dele, era uma atitude de excepcional valor. A beleza dela era extraordinária, tão imaculadamente americana que, na mesma semana, ele conseguiu que posasse para uma série de anúncios de lençóis especiais. O primeiro, de página inteira e cores fortes o suficiente para deixar qualquer um vidrado, saiu na capa interna da edição do Dia do Trabalho da revista dominical do *Times* e deixou suas colegas no departamento de projetos do Museu de Arte Moderna mortas de inveja. O pai de Mistler falecera no outono anterior. Um horror! Uma lembrança difícil de suportar. Sua mãe hesitava entre permanecer em Nova York, no apartamento de Sutton Place que era grande demais, e mudar para a casa de Palm Beach, com a possibilidade de mais tarde adquirir um *pied-à-terre* na cidade. O filho único e a secretária do pai, com a ajuda da secretária do filho, mal conseguiam acompanhar os afazeres da sra. Mistler, que pareciam mais complexos e estranhos a cada dia. Ele estava à espera da próxima surpresa. Quando mamãe iria dizer ao Thomas querido quanto ela havia matutado sobre o assunto, como havia chegado até a discutir a questão com a adorável Jane Hollander, e decidira que seria bastante fácil criar aposentos de solteiro muito elegantes e confortáveis em Sutton Place. Algo parecido com um apartamento no Albany! Um profundo suspiro se seguiria: Seu pai ficaria tão satisfeito! Então Thomas poderia sair daquele apartamento descuidado e esquisito de Gramercy Park. De fato, que outro homem de posses, com essa sua nova situação profissional a preservar, viveria por vontade própria como um boêmio? A cozinheira anda com tanto tempo livre, e Pedro também! Eles adorariam manter engraxados os sapatos pesadões do querido Thomas, preparar os martínis e aprontar rapidamente o *sauté de veau* para os jantares dele. Já era possível divisar a Nova Jerusalém surgindo da viuvez e dos bens do espólio. Que melhor maneira de me defender de tudo isso do que me casando com Clara Robinson? Robinson era um bom nome de Hartford. Em princípio, nem mesmo a sra. Mistler poderia objetar, ainda que especificamente esses Robinson não tivessem dinheiro. Com um suspiro por tudo aquilo que poderia ter sido, ela se mudou para Palm Beach e lhes ofereceu como presente o apartamento de Sutton Place, cheio de sol e da brisa do rio, as barcaças e os barcos cruzando as janelas de um lado ao outro. Mas Clara tolamente o recusou, preferindo "o dúplex exclusivo e senhorial" na Park Avenue que lhe fora mostrado por uma senhora que virara corretora de imóveis, na ocasião em dificuldades financeiras e mãe de uma de suas colegas de quarto na faculdade. Jane Hollander nunca chegou a decorar o *pied-à-terre*, o que teria sido uma encomenda e tanto. E, um ano e meio depois, a velha senhora também estava morta, sem lamentos.

Na verdade, não entendo muito de vinhos italianos, Mistler confidenciou à moça enquanto o garçom entrava com o carrinho trazendo o almoço, por isso uso o método de comprar pelo preço. Este é o tinto do Piemonte mais caro da carta. Deve ser bom.

Como ela não respondeu, ele esperou que o homem abrisse a garrafa e então disse: Sirva-o à senhora. É ela quem o provará.

Está muito bom.

Graças a Deus por isso. Vamos ao almoço. Não sei quanto a você, mas estou morrendo de fome.

Com licença, senhor Mistler. Posso dizer uma coisa?

Diga, diga. Pode me chamar de Thomas.

Tudo bem, vou tentar. Como posso fazer você acreditar em mim? Eu quis encontrá-lo em Veneza assim que o ouvi dizer que viria para cá. Gostaria de fotografá-lo. Não disse antes porque achei que não aceitaria. Provavelmente as pessoas lhe pedem isso o tempo todo. Tinha certeza de receber um não se lhe pedisse para fotografá-lo em Nova York, já que o senhor é uma pessoa tão ocupada. Também achei que, se gostasse do que eu fizesse, poderia talvez me ajudar a conseguir trabalho na agência. Eu não iria me atirar em cima de você.

Ela começou a soluçar. Mistler detestava as mentiras alheias. Também detestava lágrimas femininas, e o ruído que as mulheres fazem quando choram. Assim, tentando aparentar ferocidade, disse à moça: Pare já com isso, do contrário não vai haver nenhuma sessão de fotos, nem agora nem nunca!

Funcionou. Ela até sorriu.

Pois é, imaginei que o senhor se hospedaria neste hotel. Então telefonei e perguntei quando os Mistler estavam sendo esperados, e no mesmo instante a recepcionista me disse que você estava chegando hoje — e sozinho. Foi muito atrevimento pedir que me acompanhassem até o quarto, mas eu precisava me lavar e não tinha outro lugar para ir.

Como teria sido desnecessariamente cruel lhe dizer que

havia chuveiros para turistas de um dia e compartimentos para guardar qualquer equipamento perto do correio central, Mistler permaneceu em silêncio.

Será que poderíamos fingir que nada disso aconteceu? Você me daria outra chance?

As duas taças de vinho pesado que ele bebera começavam a fazer efeito. Não importava se a moça tinha mentido ou se não sabia mentir. Ela estava sentada à mesa na frente dele, em seu quarto de hotel, provavelmente nua debaixo daquele roupão. Se o motivo disso tudo fosse a fotografia, por que já não se vestira? A crueza do que inferira deixou-o excitado. O menor sinal da parte dele deveria ser o bastante. Afinal, a garota dormira com Gansevoort.

Não se preocupe tanto, disse ele. Não é necessário falar em segunda chance. Ao chegar, além de exausto, eu estava sob certa tensão por causa dos negócios. Agora me sinto melhor e foi muito bom, sem dúvida, não almoçar sozinho. Vamos ser amigos — achei que quase éramos quando saí daquele jantar na casa de Anna.

Obrigada.

Num instante ela estava ao lado de Mistler e logo lhe pôs os braços em volta do pescoço e beijou-o no rosto. Ele tinha acertado. Não havia nada debaixo do roupão.

Ele lhe fez um afago nas costas, disse-lhe que estava tudo bem e apontou na direção da cadeira da qual ela tinha saído. Realmente, pensou Mistler, não devo apressar as coisas; de uma maneira ou de outra, não estou em condições de saber o que quero. Ofereceu um cigarro à moça. Ela não fumava, foi o que informou, mas não se importava se os outros fumassem, até gostava.

E quanto ao Gansevoort?, ele lhe perguntou. Ele ainda não se aposentou daquele escritório de advocacia? No lugar dele, eu teria vindo à Itália com você.

Ele queria, mas eu não.

E por quê?

Não acho que seja bom para mim me envolver com velhos. É como se eu caísse numa rotina. Quero me casar, mas não acabar como enfermeira de alguém.

No mesmo instante ela tapou a boca com a mão e pareceu tão sem jeito que ele riu.

Você está certa, isso é um grande problema. Você tem vontade de ficar um tempo com Tony, mas não muito, e não quer que a relação fique séria demais porque poderia prejudicar um encontro seu com alguém jovem e simpático.

Ela assentiu com a cabeça.

E como o velho Tony se sente em relação a isso? Se você não se importa de me dizer...

Ele não gosta. E fica bem chateado. Acho até que se queixa com Phoebe — quero dizer, com a senhora Gansevoort. Eles continuam amigos.

Assim que disse isso, Lina riu. Não, ela não podia ter mais de vinte e cinco anos; uns vinte e oito, talvez, com uma aparência muito jovem.

Ainda havia um pouco de vinho na garrafa. Ele se serviu, o copo dela estava cheio, e o tomou todo.

Tome o meu também, disse ela. Acho que já bebi o suficiente.

O mesmo acontecera com Mistler. Ele se esquecera de pedir para guardar a roupa que trouxera. O peso que lhe pressionava os ombros estava se tornando maior. Ele era um escravo num terno de gabardine, curvado, vergando-se, sustentando um balcão de um palácio até o fim dos tempos ou a destruição final desse edifício.

Preciso tirar aquele cochilo, disse Mistler. O que vamos fazer em relação a você? Pergunto se tem um quarto neste hotel? Ou no Monaco? Eles me conhecem, isso talvez ajude.

Esses hotéis são caros demais. Vou dar outra volta e procurar uma *pensione*. Na Itália, às vezes não há lugar quando se pergunta por telefone, mas se você vai até lá é diferente.

Deixe a mala, se quiser, e leve a chave que lhe deram. Quando voltar, se a porta do quarto estiver fechada é porque ainda estou dormindo. Mas duvido que durma por muito tempo. Não desapareça. Agora que somos amigos, poderíamos jantar juntos — num restaurante.

Esse era um tormento conhecido: esgotado ao máximo pela necessidade de sono, e sabendo que a inconsciência continuaria um pouco além do alcance de seus dedos, que um súcubo lhe recusaria o descanso, atormentando sua pele com coceiras num lugar imprevisível atrás do outro, como se estivesse brincando de esconde-esconde com ele. Fechou as venezianas do quarto mas não puxou as cortinas, achando que as faixas de luz que permaneciam visíveis o salvariam do erro de tentar usar a escuridão completa para forçar o sono. A colcha de brocado era volumosa e rija. Onde a guardaria? Não queria perturbar a harmonia solene do quarto jogando-a no chão, fazendo dela um monte amarrotado de vermelhos e dourados, mas, durante as horas que se seguiam ao almoço, era difícil encontrar o pessoal do hotel. Se ficasse cansado de esperar, teria de tomar providências para se assegurar de que a mulher não aparecesse. O que significaria correr o risco de ser mal interpretado. A camareira — talvez a camareira e sua assistente! — menosprezaria o aviso de "Não incomodar", entrariam correndo no quarto, esbaforidas, acompanhadas do leve cheiro delas, bem no momento em que Mistler teria começado a cochilar. Vestiu o pijama, pegou um suéter para cobrir os pés descalços, por segurança, não para se esquentar, e deitou-se na cama feita, sem puxar os lençóis.

Inútil! Pegou um copo d'água e um comprimido para dormir e o engoliu momentos antes de se lembrar de Clara. Esse telefonema não podia ser adiado, uma pena quanto ao sedativo. Em Nova York seria o início da tarde antes que ele acordasse; prometera ligar de manhã. Aquele tempo todo a mulher teria ficado à espera. Na realidade, ela atendeu de imediato, e Mistler se defendeu o melhor que pôde.

Como você pôde pensar isso? Almocei tarde, depois comecei a me preparar para uma sesta, você sabe como isso é difícil quando estou tenso, nem sequer li o jornal e já estou quase pronto para dormir. Hoje à noite? Não sei, depende da hora em que acordar e de como me sentir. Não, nada planejado. É, já estou em Veneza. Houve uma mudança nos planos. Realmente, um gesto muito gentil, eles vieram aqui e estivemos reunidos a manhã inteira. Correu tudo bem, o óleo de cobra ainda vende. Não, eles estão voltando para Milão, conseguimos a conta, exceto algumas coisas que eu não queria, por isso estou começando minha cura de descanso e *risotto*. Não, não me importo se você não tomar o próximo avião para cá, na verdade, peço-lhe para não fazer isso. Não sou a melhor companhia agora, nem mesmo para mim. Você estava certa, eu precisava de descanso e de tempo para pensar em algumas coisas. Não, não é uma crise tardia de meia-idade — é principalmente o escritório. Ah, Sam levou a moça? Que simpático. Claro, foi simpático da parte dele, o que leva você a pensar que ele a levou por não querer ficar sozinho com você? Ele é homem-feito, se não quisesse estar com você teria dito ou inventado um compromisso em algum outro lugar. É um sinal de confiança em você e nele, e estou emocionado. Mas não foi bom? Não inteiramente mau? Está bem. Domingo à noite? Está certo, não pude falar com você porque estava viajando. E o que aconteceu? Clara, querida, você estava cansada da semana em San Diego, e de toda essa movimentação de carro de um lado para o outro, nada disso é especialmente estranho. Talvez você também estivesse com fome. É, eles são intolerantes. Sam não deveria ter falado com você daquele jeito, não na frente da moça, nem sequer depois. Se vou falar com ele? Vou, talvez esta noite mesmo. Concordo que Monique não seja exatamente o que você e eu teríamos imaginado como nora, mas isso não é problema nosso. Por que você acha que não teremos netos? Acho que o fato de Monique ter uma filha vai fazer com que ela queira ter outro com Sam. Claro, e ser padrasto vai ajudar Sam a se acostumar com a idéia de filhos. Eu adoraria ver Sam com um bebê, você nem pode imaginar quanto. Amanhã. Vou ligar amanhã, antes de você sair para aquele jantar. A festa da Anna Williams? Não fossem a Anna e uma fotógrafa que estava com Gansevoort, pareceria uma festa no castelo do Drácula. Aliás, sabe que eles se separaram? Ah, é? Não, você nunca me disse. A chatice de sempre, cadáveres elegantemente vestidos fingindo ser gente que conheci a vida toda. É angustiante perceber que sem dúvida tiveram a mesma impressão de mim. Não, você não parece uma bruxa velha. Você é uma jovem bruxa. "Eu não te amo, querida, eu te adoro!" Estas últimas palavras foram cantadas por Mistler ao telefone.

O comprimido para dormir se transformou em anfetamina. Mistler pensou que se alguém o desafiasse ele poderia partir para a corrida dos duzentos metros. Em vez disso, discou o número de Sam. Surpresa e carinho: em vez da secretária eletrônica do departamento de inglês de Stanford, ele se comunicou com seu filho único.

Já soube? Mamãe e eu brigamos. Ela tomou quase toda a garrafa de Chardonnay que eu tinha pedido antes que a garçonete trouxesse os aperitivos e foi logo caindo na pele de Monique. Na realidade, ela já tinha começado a mandar brasa logo cedo no sábado, assim que entramos no carro para o passeio. Foi a *ouverture* clássica de mamãe: Você tem certeza de que consegue dirigir o carro do Sam? Uma máquina tão possante! Depois disso, ela passou a fazer todas aquelas caras de quem está prestes a morrer a cada vez que Monique mudava de pista para ultrapassar, e Monique acompanhando tudo pelo espelho retrovisor. A temperatura caiu para dez abaixo de zero!

Mas por que você não dirigiu? Você sabe que ela fica apavorada.

Imaginei que não estar dirigindo me permitiria virar e conversar com mamãe sem ela ficar me dizendo para prestar atenção na estrada, e também lhe mostrar alguma coisa na paisagem durante o passeio. Além disso, Monique gosta demais de dirigir. Eu até lhe daria o BMW, mas poderia ser um gesto exagerado. Ela poderia não gostar. Tudo bem, foi um erro. E, então, mamãe não trocou uma palavra com Linda nem comentou nada sobre a menina. Convenhamos! Uma criança de quatro anos sentada a seu lado no banco de trás do carro, e você finge que ela nem existe?

Isso não é lá muito legal. Mas acho que tinha a ver com esse seu carro — a noventa e poucos, cem quilômetros? — em estradas sinuosas.

Tudo bem, já disse que foi um erro. Mas depois, durante o jantar, é que foi um horror. Ela se meteu a monologar sobre o fascismo de todas as novas terapias de família e a afirmar que o único caminho verdadeiro era o de Freud, e toda vez que Monique tentava falar algo, dizendo que nem todas as terapias familiares são iguais e que ela própria, por exemplo, não era nada diretiva na terapia que aplica, mamãe simplesmente avançou como um tanque de guerra.

E como estão as coisas entre você e Monique? Isso é o que importa. Monique é madura, ela vai superar esse jantar com sua mãe.

As coisas estão ótimas, papai, ótimas mesmo. Continuamos com a intenção de nos casar no Natal.

Boas notícias. Parabéns! Se eu fosse você, ligaria para sua mãe e seria simpático. Acho que ela ficou sentida pelo fato de a viagem não ter sido um sucesso. Você sabe que vou ficar em Veneza até o fim da semana, o que a deixa com tempo demais para ficar cismando. Tem também outra coisa. Você acha que encerra seu trabalho no início de junho, de modo que assim eu possa convidá-lo para umas curtas férias familiares? Poderíamos passar uma ou duas semanas no campo, mas prefiro dar uma fugida maior. Que tal Veneza? Gosto tanto daqui que não me importaria nem um pouco de voltar em tão pouco tempo. Ou a Úmbria? Ou o sul da França? É a melhor época do ano para esses lugares.

Não vai dar, papai. Não antes de meados de agosto. Talvez eu possa sair por uma semana nesse período. E, por favor, vamos apenas passar uns dias no campo. Assim daria para eu ver algumas pessoas em Yale. Tenho coisas a fazer aqui em junho, depois prometi a Monique e a Linda levá-las às Montanhas Rochosas canadenses e também tenho de dar dois cursos no verão.

E essa, agora. Até meados de agosto seriam menos de quatro meses. Com sorte, talvez ainda estivesse em condições apresentáveis.

# 3.

Sam desistiria das Montanhas Rochosas sem nem um piscar de olhos se soubesse que o pai estava morrendo. A idéia de que as coisas poderiam ser de outro modo nem sequer passou pela cabeça de Mistler. Então era seu dever evitar uma situação que, injustamente, deixaria o filho mal; ele deveria contar a Sam. *Quo modo?* Como dizer a esse filho de trinta e seis anos: Olhe aqui, corrija os trabalhos do seu seminário no saguão do aeroporto e no avião, ou então bem cedo nas manhãs em que estivermos juntos e eu ainda estiver dormindo, deixe para levar essa namorada, uma *hippie* não regenerada, e a filha cigana dela para o lago Vitória no próximo verão, pois estou morrendo, necessito dos últimos rituais de sua presença? Alguém poderia acrescentar — ou deveria calar-se sobre o restante da mensagem — quanto o pai se emociona ao ver que as costas desse único filho começam a se curvar, que o cabelo dele já está rareando, e os olhos, aqueles olhos, que lançariam o pai num abismo de pânico e culpa ao se encherem de lágrimas, parecem cansados atrás dos óculos? Isso tudo é apenas natural, já que o filho passa o dia inteiro lendo. Como o pai acha que ele — talvez somente ele — ainda consegue reconhecer no rosto do filho os traços daquela criança bela e boa? Sam não o decepcionaria. Mas ele poderia querer matar dois coelhos com uma só cajadada. Ou seja: Monique e Linda nunca estiveram na Costa Leste, muito menos na Europa. Ele pediria ao pai que as incluísse no convite. Uma solução brilhante e construtiva — o prometido círculo familiar constituído de repente, e também, pelo mesmo motivo, o futuro realizando-se no presente, uma fênix renascendo das cinzas! Se Sam fizesse esse pedido, não haveria como voltar atrás, nem de um lado nem do outro, dada a determinação de Sam em lutar por Monique e Linda. Mistler poderia muito bem esperar até estar no leito de morte, na expectativa de que Sam tomasse o vôo noturno para Nova York, na esperança de que o filho não chegasse tarde demais. Os desejos são como um pêndulo: basta empurrar o peso em qualquer direção, ele volta para nos derrubar. Mistler tinha de tratar desse assunto com Sam de maneira satisfatória, mas isso não podia ocorrer de imediato. Em sua aflição, Mistler arrastou-se para baixo da odiosa colcha de brocado, entocando-se nos travesseiros e nos magníficos lençóis de linho, orgulhosamente bem passados. Engoliu outro comprimido. Como uma longa mortalha, a certeza do sono estendia-se diante dele.

Que horas eram quando acordou? Mistler não se preocupara em tirar da mala o despertador; o relógio de pulso estava sabe Deus onde, provavelmente no banheiro, onde ele se despiu. Sete e meia! Abriu as venezianas. A julgar pelo tráfego no Grande Canal, era o começo da noite — presumivelmente, do dia em que chegara. Poderia ter dormido a tarde e a noite toda, mas sem dúvida não até a noite do dia seguinte. Remexeu na mala, encontrou o roupão e foi para a sala de estar.

Ela sorriu para ele. Você dormiu um bom sono. Fico muito contente. Está se sentindo melhor?

Ele reparou que ela avançara na leitura.

E você? Agora deve estar se sentindo aflita, cansada.

Não, mas estou triste. Este é um livro muito triste. *Anna Karenina*.

Já derramei minha cota de lágrimas por causa desse livro. Quando Vronsky quebra o lombo de Froufrou e a chuta. E quando Anna não compreende que Karenin está tentando ao máximo ajeitar tudo e ela desperdiça sua última chance.

Lina sorriu de novo e assentiu com a cabeça.

Quer beber alguma coisa? Uma taça de champanhe do frigobar? Estou com uma sede terrível, tenho que tomar primeiro um pouco d'água. Depois me apronto e, caso você não tenha outros planos, podemos sair para jantar.

Ela também queria água. Tomaram seus copos de San Pellegrino em silêncio.

Agora vou tomar uma bebida de verdade, anunciou Mistler. E você?

Não, Lina estava feliz assim. Para onde fora o desejo dela de se comunicar com ele?

Então continue com Tolstoi. Não vou demorar.

Na realidade, ele não se apressou nem um pouco: esfregou bem o rosto — achou que sua aparência não estava pior do que seria de esperar após o vôo cansativo e o sono longo demais à tarde — e depois tomou banho. Seu corpo também não lhe pareceu mal. Isso era tudo conversa fiada, claro: o rosto e o corpo de um velho são exatamente assim, a não ser para o próprio velho, quando este esquece a experiência que tem. Músculos suficientes para comprovar seus esforços no rio no tempo da faculdade e uma predileção sempre presente por tênis e natação. Não era gordo. Isso se devia a todos os doces e a toda a manteiga que não comera, todas as segundas porções que recusara. Chocolate e *tiramisù*, me aguardem, decidiu ele. Não haveria tempo suficiente para o aparecimento de pneus na cintura antes que tivesse mergulhado no programa de emagrecimento mais eficaz que a humanidade conhecia. Coma tudo e fique esbelto — sucesso garantido com a fórmula do dr. Caranguejo — ou seu dinheiro de volta! Seria interessante ver o sr. Julio em atividade, apertando as roupas dele. Ou o meticuloso sr. Mistler se permitiria parecer com um varapau enrolado em grandes peças folgadas de cheviote e *tweed*? Um espantalho — sem nem sequer um canteiro de pés de milho para vigiar. A srta. Lina bem que poderia provar os encantos efêmeros dele.

Tudo pronto?, perguntou Mistler. Pronta para uma caminhada para além do Campo San Polo, ou você prefere tomar o *vaporetto*? O tempo da viagem será mais ou menos o mesmo.

Esta é a minha mala. Ela riu. Tem essas rodinhas. Acaba sendo engraçado quando eu passo por pontes e pedras. Seria melhor de barco, embora eu goste muito de andar. Você provavelmente acha um horror ir a um restaurante com alguém arrastando uma mala. Mas ao mesmo tempo não acho que alguém vá confundi-lo com um turista comum.

Mistler examinou-a. Um casaquinho de algodão vermelho e um vestido vermelho mais claro comprido demais: Por que usar uma roupa dessas a não ser para esconder as pernas? Já a tendo visto de roupão, ele sabia que Lina não precisava escondê-las. Ela poderia estar usando uma saia curta; deveria estar de preto. Ele poderia dar um jeito nisso, se ela o escutasse.

Ah, a mala! Eu tinha esquecido dela. Claro, eu é que levarei a mala. E onde fica o seu hotel?

Não sei bem se você o chamaria de hotel. Lembra mais um

quarto de aluguel e fica sobre uma pizzaria do outro lado de San Giacomo dell'Orio. Parece limpo.

Você não quer ficar aqui? Ele hesitou e depois acrescentou: Até se acostumar comigo, você poderia dormir ali! E apontou para a espreguiçadeira, imitação de modelo antigo, na sala. Veja todos esses travesseiros fantásticos! Eu não ficaria surpreso se esse divã fosse confortável.

Ela se aproximou dele e, sem erguer as mãos, pôs a cabeça no ombro dele. Eu ficaria contente se você me quisesse aqui, disse ela suavemente. Não preciso de tempo nenhum para me acostumar com você.

Orelhas muito pequenas debaixo daquele cabelo castanho e liso: ele virou o rosto dela em sua direção e procurou a boca de Lina. Era imensa e tinha um gosto azedo. O hálito poderia ser pior. Ela começou a gemer, e a boca se tornou ainda maior. Tinha uma elasticidade espantosa; a língua também era imensa — elástica e larga. Mistler começou a ansiar, mais do que por qualquer outra coisa, por aquele rosto entre suas coxas.

Ela interrompeu o beijo.

Por favor, abaixe as calças. Depois você transa comigo.

As calças se amontoaram abaixo dos joelhos, ele se recostou na cadeira para onde ela o empurrou. Os seios que Lina expôs eram como os de uma garotinha, mas flácidos, com bicos intumescidos, pontudos. Ela abriu as pernas dele e se ajoelhou entre elas.

Ah!, dizia ela, ofegante, põe ele nas minhas tetas. Mais, por favor, empurre com mais força, mais, pra valer, não tenha medo de gozar. Quero que você me faça dar leite!

Isso o deixou mais passivo. O rosto dela estava rubro, ela segurava em si mesma com uma das mãos e nele com a outra e continuou mexendo até uma gota de líquido aparecer no bico do seio.

Está vendo? Eu consigo. Agora, o outro, para que ele não fique com ciúme.

Mais esforços. Outra gota de líquido viscoso. Ela fechou os olhos.

Uma manhã, pouco antes de Clara parar de amamentar Sam, ela espremeu um pouco de leite na mão dele e lhe disse para provar.

É doce, não é? Você quer esse leite no seu chá?, Clara perguntou.

O gosto era enjoativo, mas sentir e ver o leite na pele deixou-o excitado. Pegou o seio dela e ele mesmo o apertou.

Vou enfiá-lo em você, ele lhe disse. Já que você tem leite, quero você molhada de leite enquanto transamos. Não está vendo que quero você agora mesmo?

Memória ou instinto? Ele encontrou o caminho para o restaurante através de pontes e por baixo de *sottoporteghi*, num percurso que às vezes parecia descrever círculos, embora na realidade estivessem avançando por *rii* que ele achava só poderiam levá-los à margem do canal e, portanto, a um beco sem saída para todos, a não ser para os moradores de um palácio que dava para aquele canal. Ao mesmo tempo, tornavam possível fazer uma curva para a esquerda ou para a direita num *campo* minúsculo e ali escolher entre *calli* igualmente implausíveis e misteriosas para as quais o *campo* servia de eixo. Exceto por uma figura solitária que corria apressada em direção à estação de trem, eles estavam sós. Mistler levantou o braço que a abraçava, desabotoou a parte de baixo das costas do vestido de Lina, escorregou a mão entre as nádegas da jovem e esperou. Tal como imaginara, ela empurrou a pélvis na direção de sua mão.

Você é meu guia, ela exclamou com voz rouca, segure-me sempre assim. Não me solte.

Ela falou com o dono do restaurante num italiano que pareceu a Mistler tão deselegante quanto rudimentar. Quando voltaram ao hotel, ela pediu que fizessem amor no chão. No dia seguinte, espontaneamente, ela praticou felação nele na sala de laca verde do Ca' Rezzonico, que por acaso estava vazia de turistas. A guarda, uma moça de óculos de lentes grossas que lia a *Oggi*, estava sentada numa cadeira dobrável do lado de fora. A necessidade que Lina tinha de realizar fantasias sexuais parecia a Mistler insaciável e imprópria, talvez por se tratar de fantasias dela, e não dele. Mistler oscilava entre o prazer intenso — ele não queria, provavelmente não poderia, resistir a esse agarramento que forçava qualquer porta e, na realidade, encorajava cada nova transgressão — e uma ofensiva indiferença ao entrelaçamento dos seus corpos. As perguntas que ele próprio se fazia, Mistler reconhecia como tolas. Desde que, na primeira cópula dos dois, ele ultrapassara o limiar da curiosidade e da urgência do desejo — o que aconteceu quando da bizarra tentativa de lactação da moça —, por que motivo ele estava usando, ou permitindo que ela usasse, o corpo dele para essas investidas? Ela fazia mais barulho do que qualquer outra mulher que tivesse conhecido. O que outro orgasmo, um grito que se repetia quando a penetrava com mais força, acrescentava ao total do prazer? Por que ele concordava em pagar o preço? A escova de dentes, o tubo de pasta e a escova de cabelo dela atulhavam as beiradas das duas pias. Quando ela escovava os dentes, deixava pingos de pasta, às vezes destacados por restos de alimento, grudados à superfície esmaltada. Ela havia pendurado no bidê uma bolsa de borracha com um tubo que só podia ser uma ducha, embora ele não conseguisse perceber a necessidade daquilo; sem dúvida ela tomava pílula. Nos armários, as roupas dela se misturavam desordenadamente com as dele. Não havia uma única peça dela que ele apreciasse ou que lhe evocasse um sentimento próximo à ternura ou à piedade por uma moça a quem ninguém ensinara como se vestir, e que, de todo modo, não tinha condições de possuir as coisas que poderia desejar. Desconfiava que ela não tivesse gosto algum. Levou-a a uma butique de um estilista na Salizzada San Moisè. Como um pombo-correio, ela partiu direto para dois "trajes" que ele detestou. A vendedora era uma conhecida antiga. O que ela deve ter pensado dessa freguesa que ele lhe trouxera?

Por que não pedira a Clara que viesse com ele para Veneza? Se queria um período de indiferença e acaso, por que ele não mandara Lina embora com uma palmada naquele traseiro que ele passara a conhecer tão bem e a promessa — tão fácil de fazer e cumprir — de trabalho em qualquer filial da agência que fosse do agrado da moça? Não havia escritório em Mombasa, mas que tal Milão ou Melbourne? Tão regular quanto as marés e igualmente previsível, Clara atendia às necessidades sexuais dele. Não haveria nenhum dos fogos de artifício que Lina provocava, mas o prazer com Clara quando a ejaculação se aproximava também era ótimo, assim como a gratidão dela quando faziam amor, possivelmente o único benefício dos serviços inesquecíveis de Berry. Não, levando tudo em conta, fazer sexo com Lina não significava mais para ele do que fazer sexo com Clara e ainda trazia o incômodo da presença da moça, além da ligeira sensação de estar fazendo papel de bobo. O fato era que ele não tinha vindo a Veneza sem Clara para participar de um festival de sexo: nem com Lina nem com qualquer outra.

Também era verdade que, se tivesse trazido Clara, ele teria de ter contado a verdade a ela ou agüentar a chateação. Isso já ficara mais do que claro para ele. Talvez não até terem pisado em terra firme, por exemplo, na terça-feira durante o almoço em Torcello, uma vez que o lugar a que costumavam ir na Giudecca fechava nesse dia. Depois, visitariam Santa Maria Assunta e veriam o *Juízo final* de tal modo que, tendo contado tudo, ele pudesse contemplar os tormentos para os quais seus pecados o habilitavam. Tampouco seria fácil contar a Clara quando voltasse a Nova York, mas lá, pelo menos, eles não estariam nessa maior intimidade. Um quarto, uma sala de estar, um banheiro com duas pias; a caminhada pela ponte da Accademia e a travessia do Dorsoduro até o Zattere a fim de tomar o *vaporetto* para a Giudecca; o senso de oportunidade que a caracterizava, e a demonstração de dor que isso imporia; o pavor incontrolável que ele tinha dos dissabores, e a incapacidade dela de reagir à tristeza dele senão com a própria tristeza, ainda maior. Que vá tudo pro inferno! Mistler não tinha paciência para tragédias. *Evviva* Lina, baixeza e farsa!

# 4.

Estava um dia perfeito — céu azul e ar fresco de uma pureza revigorante. Estavam se vestindo. Fazendo beicinho diante do espelho do banheiro, Lina lembrara a Mistler de novo que o motivo pelo qual ela tinha vindo a Veneza permanecia inalterado. Ela queria fotografá-lo.

Claro, respondeu ele, com muito prazer. O que acha de San Michele, depois do almoço?

Não é a ilha do cemitério?

É, e muito tranqüila durante a semana. Deve estar bem bonita num dia como hoje.

Por ter se habituado a implicar com a moça, ele pensou em acrescentar: Imaginei que poderíamos fazer alguns *tableaux mourants* no túmulo de Stravinsky e no de Diaghilev. Já é tempo de alguém reconhecer a fotografia como um jogo de sociedade. Ajudarei você a compor minha pose. Ezra Pound também está enterrado lá. Você gostaria de me retratar como Pound? Pound tornou-se respeitável. Pareço-me mais com Pound que com Diaghilev ou Stravinsky.

Ele estava usando calças de linho folgadas e uma camisa de gola aberta, branca com listras pretas e largas, sob a jaqueta de camurça. Esse traje estaria ótimo se fosse completado por um chapéu de palha antiquado comprado numa barraca da ponte Rialto. O desejo de inserir sua morte como um subtexto oculto em tudo o que fazia ou dizia estava se tornando irresistível. Se ela concordasse, e as fotos tivessem alguma originalidade, excentricidade — ele ainda não sabia se ela tinha algum talento —, será que não poderiam ser publicadas no momento devido como um folheto sépia, elegante: *Morte em Veneza: um ensaio imagístico*, com uma breve introdução do falecido Thomas Hooker Mistler III? Desde que, evidentemente, quem quer que tivesse os direitos de publicação da obra de Thomas Mann não levantasse nenhuma objeção. *Closes* do rosto de Mistler, instantâneos que o mostrassem saltitando por entre os túmulos, *et cetera*, poderiam se alternar com material que mostrasse como, ao mesmo tempo, seu fígado estava entrando pelo cano. As ilustrações médicas poderiam ser fornecidas pela Imagens Katz e Associados da rua 72 Leste, com a permissão do espólio do acima mencionado sr. Mistler. O que seria fácil; ele pediria a seus executores testamentários que a concedessem, num codicilo ao seu testamento. Por causa da modesta celebridade que ele alcançara em vida, do interesse do público pelas formas de câncer mais devastadoras e, acima de tudo, da vileza do conceito, que "a era exigia", o folheto talvez se constituísse num tremendo sucesso. Uma exposição no MOMA ou, na pior das hipóteses, no Whitney não estaria fora de cogitação. Ele deveria revelar a Lina a abrangência potencial do projeto. Afinal, por que se dar ao trabalho de manter o fingimento? Ela sentiria pena no momento em que ele contasse, e talvez por mais um pouco de tempo, mas dificilmente ficaria arrasada. Essa era a vantagem básica da presença dela em relação à de Clara. O humor grosseiro dos homens, a degradação e a humilhação de si mesmos — a familiaridade de Lina com todos esses aspectos parecia considerável. Supondo que a memória dela guardasse algum traço do modo como Mistler a tratava, essa marca não seria senão banal e transitória; ele se inclinava a apostar que ela não demoraria a confundir a atitude dele com o comportamento vergonhoso de um outro qualquer, talvez Gansevoort. O perigo real era que o fato de saber da condição dele poderia fazê-la ter vontade — sentir-se na obrigação? — de foder até com mais intensidade. O paradoxo era divertido: que ele, cujo tempo era tão escasso, estivesse cada vez menos propenso a aproveitar o dia. Se alguém lhe tivesse colocado a questão na época de sua inocência, por exemplo, numa ocasião em que estivesse sentado sob o caramanchão de madressilvas em Crow Hill, afogueado depois de um *set* de tênis, deliciando-se com um gole de gim, por certo ele teria dado uma resposta inteiramente errada. Ele teria dito algo sobre a vontade, antes de seu último ato, de provar todo tipo de experiência sexual — cópulas estranhas, ininterruptas, como naqueles festivais de filmes de terror que as marquises dos cinemas perto da Times Square costumavam anunciar. O que ocorreu, porém, foi que fazer sexo antes da morte o excitava quase tanto quanto ir a um almoço de negócios. Ele preferia comer, no escritório mesmo, um sanduíche de salada de atum.

Dirigir uma empresa muito grande ensinara a Mistler que as decisões sobre quase todos os assuntos podem e devem ser adiadas. Assim, o Rei-Sol se habituara a responder às petições com um *Nous verrons*. Uma explicação a Lina poderia ser adiada, sem dúvida até estarem confortavelmente instalados no terraço do restaurante e terem pedido as bebidas e o almoço. Já era uma e meia e tinham de vencer a distância até a Giudecca.

Se deveríamos acreditar que a necessidade dessa conversa decorria dos planos para a preparação de um folheto sobre o sr.

Mistler como um dos mortos ambulantes, essa urgência desapareceu enquanto esperavam o *vaporetto* no Zattere para cruzar o canal. Sucedeu então que não haveria *tableaux vivants* ou *mourants*, porque a modesta igreja em San Michele, os túmulos de artistas ilustres e o mato alto — Lina tinha estado na ilha e lembrava-se dela com precisão, embora não tivesse mencionado como uma de suas características o cheiro de algo parecido com fezes de cachorro, do qual Mistler se lembrava perfeitamente desde a visita mais recente dele — eram o oposto do que ela queria. Ela imaginara um cenário que fosse aquático e, portanto, veneziano, mas não com a água no campo de visão. Veneza era para ser inferida: logo, nada de ogivas, nem de pontes, nem de gárgulas espreitando de um capitel.

Uma luz assim — mas indireta — e nada que distraia a pessoa do seu rosto, disse ela. Amo o seu rosto. Você tem o rosto mais belo, mais sábio do mundo.

Seria melhor então um pano de fundo de varais com roupas penduradas? E muros que parecem intermináveis e intransponíveis? Para isso deveríamos ir a Fondamente Nuove.

Genial. Será que vai haver sombra?

Ele começou a se dar conta de que a compreensão que Lina tinha da posição geográfica de Veneza era limitada. Claro que sim, disse à moça, e ao mesmo tempo você vai ter uma luz permanente e forte, porque ela refletirá a lagoa.

Pelo segundo dia consecutivo, ele se permitiu um sorvete de frutas. Já bebera a maior parte de uma garrafa de Prosecco. Obviamente, havia experiências que ele não se importava de repetir e acumular. Era uma pena que essa sofreguidão indecorosa por doces fosse tão maior que seu apetite pelo corpo de Lina! Quatro italianos vestidos formalmente haviam mudado de lugar e olhavam para ela sem tentar esconder nenhuma das manobras a que ele teria recorrido em tal situação. Dois deles tinham desabotoado a camisa. Outro usava uma corrente de ouro. Era possível que dela pendesse uma medalha religiosa, provavelmente a Virgem, aninhada junto a outros pêlos mais abaixo, nas proximidades do umbigo. Será que a falta de entusiasmo por Lina e pela perspectiva dos serviços dela poderia ser atribuída a uma queda abrupta e generalizada da libido dele? Nesse caso, o sintoma era inesperado. Sentia-se cansado, com as juntas travadas, apesar das horas de sono suficientes que tivera. Não era o bastante para que ele tentasse empenhar-se?

Ela estava usando seu traje de fotógrafa em serviço: jeans preto, camisa e suéter emprestados por Mistler, meias bege e sapatos marrons de amarrar, como os de homem, muito bem engraxados, que ele a convencera a comprar. Vestida assim, ela estava muito bem; o segredo era não deixá-la querer parecer elegante. Lina já entendera que não precisava conversar com Mistler o tempo todo. Se ela não estivesse ali, ele teria almoçado sozinho, lendo o *Herald Tribune* entre um prato e outro. Quanto a isso, a presença dessa moça à mesa dele era um progresso. Desde a primeira sessão amorosa dos dois, ela não pedira nada que ele considerasse repulsivo. Quando voltassem ao hotel, haveria tempo para uma *siesta* tardia. Depois, também poderia ser bom tê-la por perto.

Acabamos nos tornando bons companheiros, Mistler disse à jovem.

Na realidade, ele estava mais do que convencido de que ela planejara cuidadosamente a invasão.

Esta é uma boa maneira de passar a semana?, continuou Mistler. Quer dizer, você terá uma boa lembrança destes dias? E o que vai acontecer quando eu voltar para Nova York? Seu trabalho em Paris ainda está de pé?

Cada vez com mais freqüência Lina perguntava se podia telefonar do quarto sem atrapalhar ligações que ele estivesse esperando ou que quisesse fazer. Em trabalhos de *freelancer*, ter de dar muitos telefonemas em geral é mau sinal. Mistler começou a temer que a próxima tarefa da moça tivesse gorado ou estivesse perigando.

O casal brasileiro quer que eu adie por uns dias o início do trabalho porque está atrasada a reforma do apartamento, mas tudo bem para mim. Tenho alguma coisa a fazer para a *Vogue* enquanto espero. Assim não vou ficar só de bobeira. Ah, Thomas, eu queria mesmo era ficar com você. Foi o que eu quis assim que o conheci na festa. Mas não sei se você está contente comigo. Você me parece tão triste, quase distante.

Desculpe. É essa a impressão que costumo dar quando não estou mergulhado no trabalho. Só então esqueço que tudo o que faço pode ser questionado, poderia ser feito de alguma outra maneira, e assim por diante. Não veja no meu jeito nada de menosprezo. Não estou deprimido nem infeliz. Na verdade, eu até me considerava um homem feliz. Ou, talvez devesse dizer, de sorte. O problema é que até mesmo os momentos especiais — que, nos últimos anos, em geral têm a ver com o meu filho, Sam — não me trazem alegria. Apenas permanecem ali — à distância.

Mas isso é horrível!

Poderia ser muito pior! Meu pai teve surtos de depressão. Logo depois da guerra, quando voltou da Europa, e também já no fim da vida. Essa última crise estava relacionada com acontecimentos estranhos em seus negócios. Sei como a depressão pode fazer a pessoa sofrer, e não passei por nada parecido — nunca. Vamos direto para as Fondamente. E, só para deixar registrado, se você precisar de algum trabalho quando acabar o de Paris, ou algum tempo depois, ligue para Jack Newcomb, meu sócio. Ele trabalha no escritório de Nova York. É melhor do que por meu intermédio. Direi a Jack para lhe dar todas as oportunidades de trabalho possíveis.

Tomaram a linha fluvial número 5, fazendo um circuito enorme. Prosecco e vinho tinto combinavam otimamente. Talvez durante o restante da estada ele devesse andar menos, usar mais o transporte aquático, não apenas para cruzar o Grande Canal ou ir do Zattere para a Giudecca, e intensificar o consumo dos bons vinhos. Havia tantos tintos que ele nunca bebera. Não era porque ele corresse algum risco de cirrose. Como era agradável sentir que Lina estava agradecida. O que era mais importante para ela: a promessa de emprego ou o fato de ele ter demonstrado confiança nela? Tinha de ser o primeiro motivo. Ela era uma garota pobre de algum lugar do Brooklyn ou de Queens — era o palpite dele, Lina nada lhe contara de sua infância — e provavelmente tinha menos de cinco mil dólares na poupança, além de parcelas do cartão de crédito a pagar.

Eles estavam no lado ensolarado do deque, no espaço entre a cabine de passageiros e a ponte. Lina se colocou atrás dele e o prendeu num abraço tão apertado que o fez sentir os bicos do seio e o monte de Vênus dela sob a roupa. Palácios conhecidos surgiam e lentamente desapareciam. Tudo era muito previsível. O *vaporetto* manteve-se no horário que estava impresso, ao atracar e ao zarpar. Manobras suaves, bem-feitas: o motor acionado para a marcha à ré revolvendo a água, o solavanco quando o barco deu uma guinada de encontro à plataforma; o *marinaio*, que também era o cobrador, após guardar na cabine da ponte a bolsa de couro preto que continha as passagens e o dinheiro, calçou as luvas de trabalho e deu uma laçada no cabo puído de cânhamo, passando-o pelo cunho do tamanho de uma bigorna pequena; ele atou um nó perfeito em forma de oito e depois o desatou, brincando com aquele obstáculo escorregadio. Com sua bela voz gritou o nome da parada, e em seguida *Permesso, permesso!*, enquanto muitos passageiros saíam aos trambolhões e outros embarcavam. Eram venezianos de todo tipo: mulheres de lábios finos vestidas de cinza ou preto, artesãos carregando ferramentas estranhas ou materiais que iriam instalar em algum lugar, um ou outro músico com seu instrumento, meninos de escola. Estudantes estrangeiros de sandálias, botas de alpinismo ou estrambóticos tênis, cheirando a comida azeda e tropeçando sob o peso das mochilas. Aposentados que guardavam o dinheiro e os documentos em cintos parecidos com bolsas de marsupiais. O eventual casal elegante, de idade indefinível, distinto, vestindo seda, cáqui, *cashmere* e camurça — um casal assim estava examinando Mistler e Lina e evidentemente se divertindo com isso. Mistler tinha certeza de que se tratava de franceses, gente bem. Lina permanecera grudada nele. Com a mão por baixo da camisa dele. A senhora de ar distinto murmurou algo no ouvido do companheiro. Algo que provavelmente equivalia a: Olhe esse velho devasso. Clara talvez tivesse dito o mesmo, e ele teria concordado com um sinal de cabeça. Mistler foi tomado por um *fou rire*. Então pegou o pulso de Lina e a obrigou a lhe estimular os mamilos. Que o casal elegante tenha um bom espetáculo. Ele tinha acabado de lembrar que, na família Mistler, ele não detinha o monopólio das indiscrições.

# 5.

Pouco depois que ficou evidente que a Mistler, Berry & Lovett não só havia decolado como estava a ponto de se tornar "quente", o tio de Mistler, Samuel Abthorp, convidou-o para almoçar no mais nobre dos clubes que freqüentava, localizado na zona norte da cidade, e para cujo quadro de sócios ele tinha, por coincidência, proposto e irrestritamente apoiado a indicação de Mistler. Estava implícito que ele era, e sempre fora, o sobrinho favorito do sr. Abthorp. Terminaram de comer o guisado de peru. Em algum momento no intervalo que antecedeu a porção de melão cantalupo, o tio disse que gostaria de expressar sua opinião acerca da Mistler, Berry, em relação à qual, sugeriu ele, o pior a ser feito seria Mistler tirá-la da cabeça. Essa pequena ênfase era desnecessária. O sobrinho sabia que o conselho do tio sobre qualquer coisa referente a negócios era um artigo tanto delicado quanto precioso, normalmente oferecido apenas a certos titãs da indústria, cientes de que as observações do grande homem — por exemplo, sobre o modo como o mercado estava se comportando ou sobre as atividades de uma companhia discreta e cheia de recursos que extraía diamantes na África do Sul —, expressas com seu jeito displicente, quase indiferente, mereciam ser ouvidas como revelações importantes. E mereciam recompensas, sem que isso tivesse sido mencionado, pois o sr. Abthorp não pensaria em pedir nada em troca, graças a um traço elegante de respeito e amizade. Uma seria, por exemplo, oferecer ao banco de investimentos do sr. Abthorp o lugar de principal agente financeiro numa grande emissão de títulos e ações, ou solicitar que ele pessoalmente delineasse ou executasse o projeto relativo ao gigante sul-africano da mineração.

Neste país, há uma produção incessante de dinheiro, em toda parte, por todo tipo de gente, prosseguiu o tio. Gente sobre cujo início nos negócios nem você, nem seu pobre pai, nem eu jamais ouvimos falar, e que talvez não tivéssemos apreciado naquela ocasião. Um enorme volume de dinheiro. É por isso que os negócios neste país continuarão vigorosos. Mas a maior parte desse dinheiro acaba sendo controlada em Nova York, por um grupo muito pequeno. Alguns banqueiros, claro. Homens que participam de comitês de investimento. Um dia, quando esses novos sujeitos tiverem de fato muito dinheiro, eles também vão querer entrar nesse círculo de controle, por orgulho e segurança. Ficam à espera de uma vaga, mas as posições de poder já estão preenchidas. Na prática, de modo definitivo. Por gente como você e eu, e outros que conhecemos desde sempre. Então, os homens novos percebem que o melhor que lhes resta é se aproximar dos que fazem parte do círculo e aí procuram se tornar úteis em alguma capacidade. Quanto mais úteis, melhor. Eles compreendem que os diretores de instituições importantes vão pensar duas vezes antes de entrar em choque com um grande doador. Esses homens novos olham ao redor, lêem os relatórios anuais, vêem quem ocupa qual posição. Existem até consultores para esse acompanhamento. Logo, logo, percebem que tudo se resume a um ou dois museus, à ópera, a um ou outro hospital, ao jardim botânico e ao zoológico. Talvez à biblioteca. Ah, também podem destinar fundos para as universidades, mas, como poucos deles estiveram em Harvard ou Yale, raramente escolhem esse caminho. Os conselhos das outras instituições se parecem com salas de espera; quem pode os evita. Os novos continuam a doar recursos, em quantidades cada vez maiores, e se são apresentáveis, você sabe como é, se são capazes de se entrosar e se permanecem ricos, acabam entrando num dos conselhos certos — ou pelo menos em algum tipo de conselho consultor em que acabarão estudando babuínos ou banheiros turcos. Eu quero vê-lo num dos conselhos que de fato importam. Você vai precisar trabalhar duro como membro novo, e a agência terá de dar algum dinheiro. É mais eficiente do que gastar o seu. Mas, sendo você quem é, não precisa dar dinheiro demais. Não há nenhum tipo de discriminação contra seu grupo. Você compreende que não estou insinuando que lhe falte prestígio, como aos outros sujeitos. Ninguém vai cortar suas linhas de financiamento. Mas você deve estar em lugares onde os homens novos e cheios de dinheiro novo o conheçam. Eles provavelmente acabarão achando que você é um bocado inteligente. E tenderão a acreditar que precisam de você, porque irão vê-lo como um dos guardas daqueles portões que eles têm vontade de arrombar. As companhias deles não mantêm relações com as agências mais antigas e, por isso, podem contratá-lo para campanhas importantes. Se você concordar, mencionarei aqui e ali seu interesse em fazer algo pela comunidade e direi que está disponível. Na realidade, até já falei com Newt Richardson. Ele espera um telefonema seu.

O sobrinho percebeu a sabedoria das palavras do tio e entendeu que provavelmente o assunto nunca mais seria abordado de forma tão direta.

Tio Samuel, disse Mistler, eu tenho um sócio, Peter Berry. É como se fosse um primo. O senhor o conhece, tenho certeza. Peter é mais sociável que eu. Será que o senhor poderia dar uma palavra também por ele? Nós estamos juntos em tudo o que concerne à agência.

É o rapaz com quem você dividiu o alojamento na faculdade. Eu me lembro dele. Não posso dizer que goste de seu pai. É um sujeito que passa tempo demais no bar do clube. Nunca deu para nada. Você pôs o nome do rapaz na porta da agência, mas quando falam sobre o seu negócio falam sobre Mistler. Não sobre Berry.

Ele tem sido um bom amigo, tio Abthorp. Eu não teria progredido sem ele.

Então isso é problema seu. Você é que deve cuidar dele.

E assim foi. Mistler seguiu o conselho do tio Abthorp, mas logo o sobrinho impaciente começou a se aborrecer e a bocejar. Se era preciso tomar uma decisão, ele queria fazê-lo rapidamente — e sozinho. As reuniões dos conselhos das instituições culturais eram uma chateação que consumia um tempo que ele teria preferido dedicar à agência — ou, na realidade, a qualquer outra atividade. Mas aconteceu que o projeto de inserir o sócio nesses corpos augustos não exigiu nenhum grande esforço. Mistler começou a descobrir a amplitude do próprio prestígio. Também era verdade que homens menos seletivos que o sr. Abthorp — ou talvez simplesmente menos convencionais — não torciam necessariamente o nariz para Peter ou para seu desafortunado pai. Conforme a ordem estabelecida das coisas, ele era mais do que adequado. Além disso, Peter nadava em águas não lucrativas como um bagre em águas mornas e escuras. Para não ofender o tio, Mistler, obediente, aderiu aos conselhos de administração da ópera e do hospital onde nascera e onde, como parecia não haver mais dúvida, emitiria em breve seu último grito de dor — a menos que fosse mais esperto que o dr. Hurley e conseguisse morrer em casa.

O restante dos metidos a caridosos de Nova York — e dos empresários do ramo imobiliário e dos texanos cheios da grana — é todo seu, Mistler disse a Peter. Divirta-se!

Quando Mistler se casou com Clara, houve necessidade de alguma negociação com as peças no tabuleiro do Banco Imobiliário que jogavam. Ele queria que ela tivesse uma posição brilhante em Nova York. Marido e mulher são um só; na opinião de Mistler, ela devia poder escolher as oportunidades que a agência pudesse fornecer. Portanto, com algum esforço — ela era tão jovem e tão inexperiente nos caminhos da benemerência —, Mistler conseguiu que Clara o substituísse no hospital. O que ele considerou um favor que a mulher lhe concedia: ele não tinha nem um pouco do entusiasmo da família Mistler por médicos ou por seus pacientes. Clara não fez objeção ao hospital, mas ela gostava sobretudo de bichos — até mais que de plantas carnívoras. Isso encerrava o assunto. Peter teve de se afastar para dar lugar a Clara, embora ele também se inclinasse pelo zoológico. A substituição ocorreu sem tropeços, uma vez que era cada vez mais difícil para Peter contrapor-se a Mistler em qualquer assunto. Nesse meio tempo, Mistler tinha aprendido que dizer a Peter o que ele queria que fosse feito era mais eficaz do que almoços de duas horas dos quais participavam depois de já terem tratado exaustivamente dos problemas. O resultado, no final das contas, era o mesmo.

Passados alguns anos do casamento, Mistler concluiu, para sua satisfação, que em geral tratara bem sua mulher. Ela possuía o majestoso dúplex que desejara, uma coleção cada vez maior de móveis e prata de Filadélfia de primeira qualidade, além de um jardim em Crow Hill que um inglês redesenhara por um preço que teria deixado pálida sua falecida sogra. Clara merecera todas essas coisas. Ela não criava problemas. Era a mãe de Sam. Sua beleza especial continuava no auge. Sob a tutela incansável de Mistler, ela aprendera a se vestir. Fotos dela saíam na *Vogue* e na *Town and Country*, nas campanhas da Mistler, Berry para o Conselho de Turismo da Grã-Bretanha, para um chocolate suíço e para os cartões de crédito mais respeitáveis. Dentro dos limites das noções sobre relações sexuais adquiridas no Smith College, ela se mostrava disponível quando ele a procurava. Mistler não a queria para experimentar práticas sexuais diferentes. Certo tipo de coisas era excitante, às vezes impossível de resistir, mas, na opinião dele, não era apropriado num casamento, não para uma relação duradoura. Não era bom acostumar-se a comer pratos muito apimentados em todas as refeições.

Peter e Jill Berry se divorciaram. A decisão foi de Jill, que preferiu um sujeito que tinha sido golfista profissional do clube de campo que freqüentavam em Locust Valley. Segundo Peter, o sujeito devia ter transado com ela no depósito em cima da loja de golfe por algum tempo, o suficiente para que ela não tivesse dúvida de que gostava daquilo. Inesperadamente, o golfista recebeu a oferta de um trabalho mais bem remunerado num *resort* no Havaí. Ele não estava disposto a dizer não nem ao salário nem ao clima, e ela não queria abrir mão do sexo que faziam. A pensão alimentícia e a mesada para sustento das filhas que Jill pediu a Peter eram altas mas não excessivas; levando-se em conta o tamanho da fortuna dela, não haveria necessidade de pensão nenhuma, e viver com um golfista profissional ou até mesmo casar-se com ele não causaria nenhum problema na posição social dela. Chegou-se a um acordo sem maiores confusões e em tempo recorde, e nele se estabelecia que Jill teria a guarda das gêmeas que estavam em Chapin. Mistler se surpreendeu ao saber que Peter não se esforçara por mantê-las em Nova York. Devia ter havido alguma chance disso nessa amigável transação comercial.

Viajo demais. Você não pára de abrir todas essas filiais, disse Peter, quando estou na cidade dedico muitas horas ao trabalho, e isso só tende a aumentar. Por que eu deveria tirá-las de Jill? Para que fossem criadas por uma governanta?

Havia uma pitada de bom senso nessa observação, mas não alterou a convicção de Mistler de que Peter passava mais tempo em viagens culturais para curadores de museus do que visitando filiais no exterior, responsabilidade habitual de um vice-presidente, além do que raramente o trabalho dele se estendia além das seis da tarde. O interesse cada vez menor de Peter pelo trabalho era, no entanto, um problema no qual Mistler preferia não pensar, e os sacrifícios que Peter deveria dispor-se a fazer para ter as meninas junto de si não eram, afinal, da conta de Mistler. Talvez, ao seu estilo cigano, Peter estivesse certo. A praia no Havaí podia mesmo ser um ótimo lugar para crianças de dez anos. Segundo as fofocas da agência, o golfista era um sujeito decente. Além de ter sido abençoado com excelentes peitorais e um grande volume entre as pernas, ele de vez em quando empreendia um projeto de leitura, que consistia, na maioria das vezes, em artigos da *Popular Mechanics*. No final das contas, nada disso realmente importava. Peter tinha sido companheiro de quarto de Mistler na faculdade e seu padrinho de casamento: sempre haveria um lugar à mesa dos Mistler para Peter jantar na cidade e um quarto à sua disposição na casa de campo. Ajudava o fato de Clara não ter ligado muito para o jeito metido de Jill e, por outro lado, sempre ter tido um fraco por Peter.

Um benefício da separação — Peter reagira com indiferença a uma tentativa de juntá-lo à atraente e rica prima-irmã de Mistler por parte de pai e, ao que Mistler soubesse, à investida furiosa de diversos membros da equipe feminina da agência — foi Peter ficar disponível para acompanhar Clara pela cidade quando Mistler estava fora, o que acontecia pelo menos a cada quinze dias, e quando este se negava a participar de certos eventos. Que incluíam sobretudo coquetéis, pois começavam muito cedo, exatamente quando ele estava embalado no escritório, liberado do telefone e das visitas, e todos os jantares beneficentes, porque também começavam cedo e ele tinha de lutar, às vezes sem muito êxito, para não cair no sono durante os discursos. Era ótimo Clara não precisar contar apenas com os dois redatores gays mais bem-apanhados da agência como acompanhantes, embora eles tivessem a vantagem de estar sempre livres; além disso, eram excelente companhia. Em especial nas recepções beneficentes, Peter Berry era bem mais útil, pois conhecia todo mundo.

Na primavera do ano seguinte ao divórcio de Peter, o zoológico organizou uma viagem a Bornéu para os membros do conselho, seus cônjuges e alguns dos maiores benfeitores. Como acontecia na maioria dessas viagens, essa deveria começar oficialmente em Londres. Depois de doze dias na ilha examinando a vida selvagem e aldeias primitivas autênticas, haveria uma parada em Cingapura e a volta seria por Paris. Clara sempre fora louca por orangotangos.

Nós vamos, anunciou ela no jantar assim que as datas foram marcadas. E depois quero passar uns dias em Paris e viver momentos de sonho comendo aspargos brancos e *foie gras*.

Ele de certo modo esperava isso.

Meu bem, você vai, e vai trazer milhares de fotos e tentar não deixar que o *foie gras* grude em suas costelas. Você sabe que não posso me afastar de jeito nenhum. Estaremos metidos em plena apresentação para a Nabisco — precisamos demais conseguir o restante dos projetos deles — e espero estar em via de negociar a compra do escritório da Durant de Montreal. Imagine uma coisa dessas! Se tivermos êxito, vamos cobrir o Canadá todo. Além disso, se eu for com você, ambos estaremos longe mais do que três semanas seguidas. Sei que Melinda é um anjo, mas não seria menos deprimente para Sam se eu estivesse por aqui?

Você nunca está aqui, mesmo que esteja por aqui.

Isso é porque tenho você e assim não preciso me preocupar com nosso filho. Mas você vai ver. Vou fazer um esforço todo especial, supremo.

O que você está querendo dizer é que, na sua opinião, eu não devo ir.

Não, não é nada disso. Na realidade, como seu patrocinador e o Rasputin do zoológico, ordeno que você vá e tenha uma temporada de primeira!

Pois é, mas não posso. Já verifiquei. Nenhuma das mulheres do grupo vai sozinha. Até mesmo Emmy de Groot — a presidente honorária do conselho cujo marido morrera havia pouco — vai estar acompanhada do primo, Woolly Hitchcock. Jane Cruikshank não vai. Não tem andado bem. Mas tudo certo. Nada de Bornéu nem de orangotangos, tudo para a maior glória da Mistler, Berry & Lovett! Você sabe, aliás, que se a preocupação é com Sam, poderíamos encurtar a viagem. Deixar de lado Paris e talvez Cingapura.

Lamento de verdade, mas realmente não posso ir. Porém, você me deu uma idéia brilhante, mencionando o velho Woolly Hitchcock. Você sabe que ele era amigo de meu pai. Por que não convidar Peter? É até uma questão de justiça. Ele sempre se lamentou de ter tido que sair desse conselho. Peter aceitará seu convite na hora.

Por que o trabalho dele não faz falta?

Porque eu trabalho por ele.

Ah, claro.

Clara, evidentemente, aceitou a sugestão e Peter concordou. Antes de partirem, Peter presenteou Mistler com uma peça japonesa, antiga e engenhosa, três macacos de madeira.

Tome, disse ele. Provavelmente a proximidade destes aqui é melhor que a dos macacos de verdade. Não veja nada de mau, não ouça nada de mau, não fale nada de mau! Eu gosto disso de verdade.

Clara voltou da viagem radiante e meiga. Mistler notou isso nos momentos em que ela estava com Sam, na atenção que prestava às flores da casa e também na cama, embora ela estivesse freqüentemente com muito sono e sussurrasse que deveriam marcar um encontro para o fim de semana. Por um momento, ele se preocupou com a possibilidade de Clara ter sido infectada por uma dessas amebas exóticas que permanecem no organismo e o debilitam, mas não havia febre nem outros sintomas.

Em meados do verão, quando Clara e Sam já tinham ido para Crow Hill, Mistler foi a Paris numa segunda-feira, dando-se tempo suficiente para participar de uma série de reuniões e ainda voltar para o fim de semana. Na primeira noite livre, jantou com madame Portes. Ela estava na cidade, num intervalo entre os festivais de Aix-en-Provence e Salzburgo. Sentaram-se sob a tília do jardim dela, de cuja existência ninguém suspeitava ao passar na frente do severo prédio bege da rue de Lille no qual, no andar térreo, ficava o apartamento. Madame Portes havia mudado muito pouco; Mistler se perguntava se ela algum dia mudaria. Aqueles cabelos nos quais o coração do velho sr. Mistler se perdera estavam virgens de fios brancos, a postura era ereta e majestosa, a pele desprovida de qualquer mancha, exceto nas mãos grandes e fortes, cuja aparência não era mais de mãos de uma mocinha. Ela lhe falou da montagem de *Così fan tutte* a que acabara de assistir e também das vozes, cuja qualidade não a satisfizera plenamente.

É uma ópera diabólica, Thomas, concluiu ela, e muito parecida com a vida. A pessoa é sempre traída, especialmente quando só há motivo para ter confiança. Mozart era mais moço que você quando morreu, mas compreendia tão bem essas verdades terríveis. Fico me perguntando se você também compreenderia.

Ele adorava a voz dela, aquela fala modelada pelas babás inglesas mais zelosas e pelo longo contato com americanos bem-educados, e o jeito que tinham aqueles olhos risonhos de se fixar na pessoa com quem ela falava.

Ele era um gênio!

É verdade. Mas ele também prestava uma atenção especial nas mulheres. Antes que conseguisse tocar o chão com os pés ao se sentar à mesa. Não me parece que você tenha sido tão atento.

Ele não estudou em colégio interno. Você se lembra de como o achava horrível? Eu não conhecia mulher nenhuma.

Claro que me lembro. Que maneira tola de educar meninos. Thomas, eu vi sua mulher em Paris em maio.

É mesmo?! Clara nunca me contou. Que estranho.

Estou querendo dizer que *eu* a vi, literalmente. Ela não me viu. Foi no Pré Catalan, ao cair da tarde. Ela estava com Peter Berry.

Claro. Estavam juntos em Paris, depois da viagem do grupo do zoológico a Bornéu. Você deveria ter mandado um bilhete. Clara teria gostado.

Thomas, *ils se tenaient très mal*. Por favor, me perdoe. Não quero me intrometer. Uma ou outra aventura não vai estragar um bom casamento. Devemos estar propensos a fechar os olhos, se for necessário. Mas esse homem não é apenas seu amigo. Ele é também seu sócio.

O copeiro serviu laranjada. Era hora de ir embora. *Tante* Elisabeth, perguntou ele, por que você amou tanto meu pai?

Porque ele se parecia com você, Thomas.

E depois?

Ah, *e poi, e poi*... Não demore para me visitar de novo.

Mistler chegou a Nova York no meio da tarde de sexta-feira como planejado e pediu que o motorista seguisse direto para a casa de campo. No caminho, quase totalmente concentrado, leu a correspondência do escritório que a secretária mandara entregar-lhe. Clara e Sam o esperavam no gramado da frente. No acampamento de férias, Sam aprendera a atirar bolas de beisebol. Tinha sido um ótimo verão. Com exceção da pele do nariz que estava descascando, o bronzeado dele e o de Clara estavam ótimos. Mistler disse ao motorista que levasse as malas para o quarto, e ele e Sam brincaram de pegar até a chegada dos primeiros mosquitos. Clara os observava. Eles planejaram comemorar a volta dele com um jantar cedo, junto com Sam, e mal havia tempo para Mistler tomar um banho e trocar de roupa. Quando Clara mandou Sam dormir, Mistler pediu à mulher que se sentasse junto a ele na varanda dos fundos. Tomaram conhaque. Ainda havia luz suficiente para ver as hortênsias brancas, em plena floração. Pelo cheiro, o gramado tinha acabado de ser aparado. Longe, no limite da grama, coelhinhos muito novos mordiscavam uma coisa e outra como se nunca tivessem ouvido falar do Fazendeiro Brown. Para Mistler, era inconcebível a idéia de que pudesse permitir que Peter Berry perturbasse a ordem de sua vida.

Clara, disse ele, sei que você está indo para a cama com Peter. Isso quer dizer que você pretende ir embora, como Jill?

Ela não respondeu, mas pareceu-lhe que o queixo da mulher tremia.

Isso é uma brincadeira de mau gosto.

Ele assentiu com a cabeça.

Quem lhe disse isso?

Tanto faz. O que importa é a resposta à minha pergunta. Retiro a piadinha sobre Jill, mas gostaria de ouvir sua resposta agora, se possível.

Pois bem, não. Na verdade, não falamos sobre isso. Thomas, eu estava vivendo dias agradáveis, sem nenhuma preocupação, você nunca presta atenção, não achei que fosse descobrir. Sinto muito, Thomas. Não quero ir embora.

E eu não quero que você vá. A história entre você e Peter termina a partir deste minuto. Nossa história irá durar por muito mais tempo. Eu me entendo com Peter na segunda. Estou avisando: não fale nada com Peter até que ele e eu tenhamos conversado.

O que você vai fazer com ele?

Nada violento, pode ter certeza. Agora vá dormir, por favor.

Naquela noite Mistler dormiu no quarto de hóspedes, mas na noite seguinte ele deitou-se com ela e ficou muito atento, procurando descobrir o que ela poderia ter aprendido com Peter ou ter inventado para deixá-lo feliz. Os carinhos dela pareciam ter se tornado mais demorados e mais inteligentes. A melhora, mesmo que fosse devida a Peter, era bem-vinda. Entretanto, era bem possível que, para ser perdoada, ela estivesse fazendo um esforço especial.

A possibilidade de afastar Peter da empresa era uma tentação deliciosa. Embora no acordo entre eles não houvesse nada que lhe desse o direito de tomar tal medida, Mistler achava que Peter obedeceria caso o mandasse embora. As ações dele, porém, teriam de ser compradas. Se a agência oferecesse dinheiro vivo, havia projetos que precisariam ser abandonados ou adiados, talvez por muito tempo. Evidentemente, ele próprio poderia adquirir a parte de Peter. O problema era que a agência se tornara valiosa demais. Mistler teria de resgatar a maioria de seus investimentos e talvez conseguir um empréstimo. Além do mais, a compra da agência canadense, já negociada mas ainda não assinada, e outras transações não tão adiantadas contribuíam para Mistler não gostar da idéia de uma separação complicada. Não importaria tanto no que se referia às atividades da agência ou ao relacionamento com os atuais clientes, pois a participação de Peter nos projetos não era lá essas coisas, mas os de fora, os clientes em perspectiva, talvez não compreendessem quanto era irrelevante a saída do sócio. Não, não era um bom momento para a degola de Peter. Também era possível que a venda de sua parte na agência a um preço negociado fosse uma solução até atraente para Peter, uma vez que este soubesse que Mistler sabia sobre ele e Clara e, em conseqüência disso, se desse conta de que a vida ao lado de Mistler seria bem mais desagradável que no passado. Secaria a torneira do turismo cultural, uma cortesia de Mistler, e haveria uma supervisão mais atenta das despesas do sócio, sobretudo de seus elevados gastos em hotéis caros de Nova York. Mistler minaria o campo de Peter, mas de outro modo. No devido tempo, ele forçaria a saída do sócio, na hora em que Mistler escolhesse, e com tudo planejado para que a agência comprasse as ações dele pelo valor contábil, não pelo de mercado.

Na manhã da segunda-feira, ele chegou à agência antes das oito, pediu para ser avisado assim que o sr. Berry chegasse e leu de cabo a rabo os jornais que a srta. Tuck não tinha considerado importantes o suficiente para lhe mandar pelo motorista. Por volta das nove horas, ele já estava se ocupando do trabalho do dia. Às dez, a srta. Tuck lhe disse que o sr. Berry ligara avisando que se atrasaria, pois estava preso no tráfego.

Tudo bem, respondeu, por favor peça a ele que entre assim que chegar.

Eram quinze para as onze quando Berry, alto e esbelto, a caneca de café na mão, usando calças de algodão e suspensórios bordados, camisa branca abotoada de cima a baixo e gravata-borboleta, apareceu no escritório do sócio. Ele apoiou a nádega direita na quina da mesa de Mistler.

Estava bom em Paris? Que tal um café de verdade? Vou pedir a minha secretária que lhe traga uma xícara.

Obrigado, não quero café. Participei das reuniões com o pessoal da Publicis e depois com o da Havas, e está tudo bem nas duas frentes. Depois, de modo bastante inesperado, soube sobre você e Clara. Isso é uma traição, Peter. Nunca me ocorreu que não poderia confiar em você.

Berry afastou-se da mesa de Mistler e permaneceu de pé com as mãos no encosto de uma cadeira.

É verdade. Simplesmente aconteceu. Ela é muito bonita. Você está tão acostumado com ela, provavelmente não se dá conta de como é bonita e atraente. Sinto muito. O que mais posso dizer, senão que, é claro, vou propor me casar com ela se é isso que você quer.

Você não vai propor nada a Clara, não há mais nada entre você e ela. Exijo que você não tenha mais nenhum contato com ela, a não ser em público, na presença de outras pessoas. A questão que mais interessa agora é seu futuro nesta empresa. Tendo em vista que você vem trabalhando cada vez menos, ele parece incerto. No que se refere ao nosso relacionamento, pretendo tratá-lo, aqui na agência, como sempre o tratei, mas não quero vê-lo mais em lugar nenhum caso isso possa ser evitado. Por exemplo, quero que você deixe de ser membro do Arcadia

— quando eu entrar no clube, não quero ter que me perguntar se você está sentado à mesa dos sócios. E tome cuidado. Também aqui eu estarei de olho.

Peter ficou muito vermelho. Justamente quando Mistler estava se perguntando se um ataque de apoplexia estava prestes a ocorrer, ou se aquela cor extraordinária era apenas o efeito de uma associação de raiva com tempo demais ao sol numa pele muito clara, Peter falou: Faça como quiser, Thomas, em relação a Clara e a todos os outros pequenos projetos seus.

Ele parou à porta e, virando-se para Mistler, acrescentou: Você sabe que sempre foi um filho da puta. É por isso que não me faz sentir nem um pouco de culpa.

Ah! Como exemplo de uma lembrança que leva a outra, isso não foi nada mau. Ali estava ele, sentado numa cadeira emprestada do estabelecimento minúsculo que não era bem um bar, olhando a água à distância — em San Michele, para ser mais preciso — e com a sombra nas Fondamente Nuove tornando-se cada vez mais densa enquanto Lina alternava entre ajeitar a posição dele e bater a foto, quando de repente se lembrou.

Acabei de lembrar, disse a ela. Tinha certeza de que me lembraria. Agora sei onde conheci aquele francês que estava nos olhando com desprezo.

Como assim?

Ah, no *vaporetto*. O casal elegante que embarcou em San Alvise. Você não notou o olhar de reprovação deles ao verem um velho como eu recebendo, por baixo da camisa, beijos e cócegas de uma bela jovem?

Eu não estava fazendo cócegas. Você guiava minha mão e eu fazia algo muito mais gostoso. Agora pare de falar e tente dar, basta tentar, um pequeno sorriso.

Clique, clique, clique. A busca da foto perfeita, obtida por acaso.

Também foi isso que o francês imaginou. Mas ele não achava que eu merecia aquilo. O nome do sujeito é Simonnet. Arnaud Simonnet. Ele é o presidente do banco de investimentos francês que orientou a compra da nossa agência francesa. A mulher é a esposa dele. Jantei na casa deles. Que engraçado eu não tê-los reconhecido de imediato.

Você está preocupado com o que eles possam dizer?

Não especialmente. Eles moram em Paris, não se dão com as mesmas pessoas que Clara e eu, por isso não terão oportunidade de contar a história para ninguém que se interesse. Apesar de que, certa vez, eu descobri um segredo não só interessante como importante graças, justamente, a uma coincidência desse tipo.

Ou seja, de fofoca!

Não, nesse caso a pessoa que me contou de fato se importava, quero dizer, queria ajudar.

Quem era?

A mulher mais maravilhosa do mundo. Ela conheceu meu pai na França antes da libertação de Paris e nunca deixou de amá-lo. Agora ela também já morreu. Do contrário estaria apaixonada até hoje. Você está terminando?

Não, mas não tem luz suficiente.

Muito bem! Vamos para a igreja dos Gesuiti. Você já a conhece? Não? É uma igreja assombrosa do final do barroco que nunca está aberta quando esperamos que esteja, mas talvez esta seja uma hora boa para entrarmos. Vamos fazer um caminho ilógico, não o mais curto, mas muito bonito. Só espero que não estejam no meio de uma cerimônia.

Não vai me contar o que essa mulher lhe disse?

Claro que não. Seria uma dupla indiscrição.

Ele pendurou uma das máquinas de Lina no ombro e a conduziu pelas Fondamente em direção a Sacca della Misericordia. Depois, afastaram-se da lagoa, ziguezaguearam por ruas operárias, atravessaram primeiro um canal e depois outro, a cada vez deparando com um imenso palácio e, o que parecia absurdo, voltaram a andar em direção à lagoa. De repente, à direita, a igreja estava diante deles, austera e inóspita.

Acertamos, disse a Lina. Olhe, a porta dentro da porta. Está aberta. Podemos considerar isso o milagre do dia.

Havia um guarda na sacristia, com certeza dormindo. Fora isso, os dois estavam sozinhos. Lina se ajoelhou e se persignou. Jesus, murmurou ela. Isso aí, cinza e branco, o que é? Seda?

Toque, é mármore. Maravilhosamente entalhado, trabalhado e polido para parecer seda. Ou papel de parede. Nunca vi nada igual.

Quero dar uma volta por aí.

Vá. Pode deixar a maleta. Espero você aqui.

Mistler sentou-se diante do primeiro altar lateral à esquerda. Adepta de visitas ultra-rápidas, Lina logo estava de volta. Mistler pôs uma moeda de quinhentas liras na caixa que fazia acender os projetores de luz, achando que com isso poderia prender-lhe a atenção, embora, na realidade, os projetores estivessem tão mal colocados que numa tarde clara como aquela eles simplesmente tornavam a luz menos agradável. Um pouco depois, ele perguntou: Que tal?

É mesmo impressionante. Ei, eu gostaria de fazer umas fotos.

Acho que é proibido. Mas você pode ver as pinturas com o *zoom*. Ele é mais poderoso que meu binóculo.

Lina enroscou um tubo enorme na Nikon, espiou por ele e disse: Eu precisava de mais cor, ou mais luz. Não está dando para entender. O que estão fazendo com aquele homem ali embaixo, à esquerda?

Estão assando o homem e se certificando de que o fígado esteja bem-passado.

Qual é, Thomas?

É sério. É são Lourenço na fogueira, o patrono dos cozinheiros. A pintura tinha de ser escura, era a fidelidade de Ticiano à lenda, mas acredito que a vontade dele era mesmo fazer um quadro escuro. Ele era relativamente moço quando começou a pintá-lo — não era mais velho que eu ou Gansevoort! E levou dez anos para terminá-lo. Naquela ocasião, ele não via o mundo com lentes cor-de-rosa. Lembra-se da *Pietà*, aquele Ticiano muito escuro que está na Accademia e de que você gostou? Nós o vimos ontem. Esses dois quadros são bastante parecidos — o mesmo e único grito de desespero.

O que aconteceu com são Lourenço? Estou falando da lenda.

Ele era um cristão fervoroso, que teve o azar de viver durante o reinado do imperador Décio, um sujeito rude conhecido sobretudo por suas medidas retrógradas. Um pagão fundamentalista. O número de cristãos crescia cada vez mais no Império Romano. A todos aqueles que lhe caíam nas mãos, o imperador dava a opção de desistir do cristianismo ou sofrer o martírio. Lourenço foi levado ao imperador à noite, e este disse: Faça sacrifícios aos deuses ou sua noite terminará em sofrimento. Lourenço deu uma resposta mais ou menos assim: Minha noite não é feita de escuridão. Ela é banhada pela luz eterna. Décio não achou graça na resposta e mandou-o para a grelha. Está vendo? Aquela engenhoca que parece uma cama de armar sem colchão. O homem deitado nela e com aparência deplorável é o santo, e o homem que parece estar segurando o santo pelos ombros, e que na verdade tem um ar tão atormentado quanto o de Lourenço — provavelmente devido ao calor — deve ser um dos torturadores. Depois há o sujeito solícito que está agachado no chão, soprando as brasas para manter o fogo, e, do outro lado, o tipo corpulento com o imenso garfo de cozinha que dá aguilhoadas no fígado de Lourenço.

Meu Jesus!

Você disse bem. Eles estão fazendo a obra do Senhor. Totalmente absorvidos nesse trabalho, os torturadores e o santo. Olhe, o contraste com as outras figuras é espantoso. Por exemplo, os dois intelectuais, em cima, à direita. Bem distantes. Poderiam estar discutindo poesia. A luz intensa bem no alto do quadro me fascina: será um efeito artístico, uma tempestade elétrica, ou o Espírito Santo que espia por entre as nuvens para se certificar de que a obra do Senhor está sendo corretamente executada? Dê uma boa olhada! Vou pôr mais uma moeda.

Ela o olhou com espanto e estranheza, mas ele não pretendia ser interrompido. A luz se acendeu de novo.

Poderia ser o Espírito Santo, devido à intensidade da luz, continuou Mistler, mas tenho minhas dúvidas. Eu não havia notado que faz parte da iconografia religiosa mostrar o Pai e o Filho assistindo a sessões de tortura dos mártires. Na realidade, neste momento não me vem à cabeça nenhum quadro sobre a crucificação ou a deposição em que o Pai ou o Espírito Santo sejam espectadores. E eles também não aparecem em nenhuma das cenas preliminares — o Filho sendo açoitado ou recebendo a coroa de espinhos, ou subindo com a cruz pela Via Dolorosa. Estão ausentes. Ficamos nos perguntando por quê. Melindres celestiais? Ou respeito à lógica dos fiéis? Medo de que a fé possa estar sendo levada além do limite da resistência, caso o Pai estivesse de fato observando esses sofrimentos impostos ao Filho e nada fizesse para impedi-los? Mesmo quando o corpo torturado do Filho está exatamente ali, diante dele? No Juízo Final, sem dúvida, o Filho está sempre presente, no trono, distribuindo justiça, ou seja, tortura, para a maioria das pessoas, e o Pai em geral aparece como espectador. Por que o Pai está presente nesse momento? Para se assegurar de que o Filho não comece a sentir piedade, quando se lembra do que lhe foi feito em cumprimento aos planos do Pai? Para colocar o selo da aprovação paterna na justiça do Filho e nas conseqüências desta?

Pare, Thomas! Como é possível você dizer que esses homens estão realizando a obra do Senhor? Isso é revoltante.

O que é revoltante? O fato de eu dizer que isso é obra do Senhor ou o que essas pessoas estão fazendo?

As duas coisas. Segundo a história que você acabou de me contar, foi o imperador quem ordenou a tortura.

Ela enxugou uma lágrima.

Bem, obviamente concordamos que é uma maldade assar gente numa grelha. Mas por que motivo esse ato não é obra do Senhor? Quem o organizou, quem programou Décio, senão o Senhor? Não é verdade que tudo acontece segundo os desígnios Dele?

As pessoas fazem coisas erradas. E o fazem contra a vontade de Deus.

Conheço essa explicação, mas não posso deixar de pensar que, se existe um Deus onipotente, é a vontade Dele que está sendo feita. Veja o caso de um homem com câncer de fígado. Não é um ato da vontade de Deus que ele tenha essa doença? Claro que poderíamos dizer que se trata de um pagamento adiantado por seus pecados. Ou pelo pecado de Adão — e não nos esqueçamos de Eva. Por certo você não discorda que Ele, pelo menos, deve ter permitido que essas coisas fossem feitas. Qual a diferença entre desejar o mal e permitir que ele continue existindo, se você tem o poder de impedi-lo?

Há o livre-arbítrio. Os seres humanos têm livre-arbítrio.

Essa é a resposta correta, segundo a Igreja, mas nunca consegui aceitá-la. Seja como for, a resposta não se aplica ao pobre sujeito com câncer no fígado. Por que motivo ele está sendo punido antes de ser julgado? Ele ainda está vivo, poderia se arrepender. Ah! Você deve saber melhor do que eu quais são os procedimentos adequados para o arrependimento e o perdão. Então, por que não esperar ao menos até que o sujeito seja julgado antes de enfiar o câncer no corpo dele? Ou por que assar na grelha esse santo se ele não era um homem mau? Eu sei qual é a resposta de praxe: Ele está sendo assado para a maior glória de Deus. Besteira! Há um lado maravilhosamente cômico na teoria do livre-arbítrio, sabia? É como se disséssemos que os personagens de uma peça têm livre-arbítrio. Os atores tentam nos convencer dessa idéia, mas cada palavra falada, cada ação — tudo o que ocorre na peça — foi na realidade determinado pelo dramaturgo. Por exemplo, no *Rei Lear*: não foi Cornwall quem decidiu arrancar os olhos de Gloucester. Foi Shakespeare quem decidiu, com base nas histórias que leu e em sua capacidade de observar como as coisas são feitas neste mundo. Com Deus e com o livre-arbítrio também é assim. Rá! Rá!

Não acho certo falar assim numa igreja, protestou ela. Vamos sair daqui. Além do mais, você está muito mórbido. Por que você falou que era o fígado do santo que estava sendo espetado por aquele homem? Que coisa repugnante. Para mim, ou era a bunda ou um lado do corpo dele.

Talvez você tenha razão nesse detalhe. Vamos pensar: o fígado não fica do lado direito, o lado distante do garfo? Não ligue para isso. Parece que o fígado não sai da minha cabeça.

Ele estava tentado a dizer: Sabe, eu tenho o direito de ser mórbido, irracional e blasfemo. O sujeito com câncer sou eu. E eu soube disso, da notícia de que vou morrer logo, no final daquela tarde que antecedeu a festa de Anna Williams, pouco antes de você e eu nos conhecermos. Psiu! É um grande segredo. Só meus médicos e meu advogado sabem disso. Mas ele não conseguiu decidir-se a falar do assunto. Ainda não.

# 6.

Eu gostaria de algo doce, como um sorvete.

O mau humor transparecia na voz dela. Para sua surpresa, em vez de se irritar com isso, Mistler sentiu uma vaga necessidade de pedir desculpas, quase de demonstrar boa vontade.

Não há nenhuma sorveteria por aqui. Está disposta a fazer uma caminhada de uns dez minutos?

Sim, se você carregar as duas maletas.

Mistler achou que mais uma vez tinha escolhido um itinerário absurdo, um destino absurdo. Ele lhe propiciaria *gelati* num café que dava para a estátua eqüestre de Colleoni, para o imenso volume de tijolos de Santi Giovanni e Paolo, e, adiante da igreja, para a fachada em *trompe l'oeil* da *scuola* que se transformara em hospital municipal e abrigava uma coleção de instrumentos cirúrgicos antigos. Em que esses instrumentos cirúrgicos se diferenciavam dos de tortura? Na finalidade deles. Seriam menos apavorantes que os que estavam em uso nas salas de cirurgia do hospital onde Hurley & cia. queriam hospedá-lo? Não, mas a anestesia tinha sido aperfeiçoada. Enquanto "o cirurgião ferido encurva a lâmina e com ela interroga a parte lesionada", o paciente flutua num mar de pesadelos. Embora houvesse sem dúvida inúmeros outros do mesmo tipo mais perto da igreja dos Gesuiti no caminho do hotel, ele estava levando Lina para esse café específico, cujo nome ele não sabia ou tinha esquecido, mas de cuja localização ele se lembrava exatamente devido às visitas regulares que fazia aos Bellini e aos Veronese da igreja. Tinha a esperança de que, ao chegarem lá afinal, o lugar tivesse um ar familiar e confortável. Em vão. Sentaram-se a uma mesa do lado de fora. Um garçom aproximou-se com indolência, chamado por gestos vigorosos, e Mistler pediu um sorvete de baunilha para Lina e um café para si. Tomou todo o café, sem apreciá-lo, e depois bebeu a água que viera junto. Lina parecia não ter achado nada de errado no sorvete dela. Mistler não desistira da intenção de ser simpático com a moça, mas esses sentimentos mais nobres estavam se afastando enquanto ele enfrentava uma sucessão de ondas de náusea. Mistler sempre se gabara, com razão, de ter um sistema digestivo de ferro. Nunca sofria de enjôo, diarréia nem prisão de ventre. Ele só sabia o que era ânsia de vômito, o próprio ato repugnante, por ter observado outras pessoas, em especial Peter Berry, suscetível tanto à má digestão quanto a ressacas. Seria culpa do gosto amargo do café, ou o fígado que não saía de sua cabeça estaria se manifestando? Ele tinha entendido Bill Hurley dizer que haveria uma certa trégua. Já teria acabado? Em situações assim, Peter costumava tomar uma Coca-Cola. Mistler decidiu que bem poderia beber uma antes que fosse tarde demais. Para seu espanto, funcionou. Uma propriedade medicinal dessa bebida — uma conta que a agência deixou duas vezes de ganhar, apesar de todo o seu empenho pessoal — ou a ação de algum princípio medicinal básico, por exemplo o de que um gosto horrível é capaz de eliminar outro? Teria de perguntar ao oncologista. Por ora, estava grato a Peter por um benefício concreto, ainda que pequeno e involuntariamente concedido. Seria preciso muito mais para empatar o placar, disso Mistler estava bem certo.

Posso tomar outro sorvete — chocolate e pistache desta vez? Ou você acha que seria exagero?

Era um alívio ver que sua vítima estava voltando a ter aquele jeito insinuante e submisso.

Não, de modo algum. Você merece, depois de todo aquele trabalho de tirar fotos das minhas caretas e da longa caminhada da igreja até aqui.

Adoro seu rosto. Você se parece com aquele homem, só que seu nariz é menor.

Ela apontou para Colleoni.

A Coca-Cola não era um remédio perfeito. Mistler respondeu: Você está querendo dizer que tenho uma aparência quase tão desagradável quanto a dele.

No segundo ano de faculdade, Peter adiou todos os trabalhos do curso sobre literatura vitoriana de que ambos participavam para o fim do período de leitura. O prazo de entrega de uma dissertação de vinte páginas sobre *Great expectations*, que valia mais que o exame final, esgotava-se no dia seguinte. Peter não tinha escrito uma linha sequer; pior, nem sequer lera o livro. Desespero total. Não entregar o ensaio era garantir a reprovação. Mistler já terminara seu trabalho sobre Pip — mostrando-o como pretensioso e esnobe no limite do suportável. Durante a noite, ele compôs a imagem inversa do personagem, dissertando sobre as características inatas que estavam destinadas a fazer de Pip, de modo incontestável, um cavalheiro inglês. Se um cavalheiro inglês era necessariamente esnobe e pretensioso, essa questão Mitler preferiu evitar. Os dois ensaios receberam a nota máxima e um elogio indecifrável do supervisor. Peter ficou agradecido. Com isso, poderia continuar recebendo sua bolsa John

Harvard. Mistler não mencionou, nem Peter parecera notar, a luta dele, Mistler, com o código de honra, absorvido no colégio interno, segundo o qual o que fizera era equivalente a uma trapaça. Tampouco foi mencionado outro aspecto, embora talvez não tenha passado inteiramente despercebido a Peter: a preocupação de Mistler quanto aos apuros em que Peter estava se metendo ao superestimar a própria capacidade, considerando-a equivalente à de Mistler. Haveria um perigo rondando a amizade dos dois? Seria nociva a influência de Mistler sobre Peter? Rá, rá! Que influência! Dois anos depois, no intervalo entre a formatura na faculdade e a entrada no serviço militar, surgiu a notícia desoladora da gravidez de Jeanie. Praticamente desde o dia em que ela chegara a Radcliffe, Peter vinha se deitando com ela, tarde sim, tarde não, a não ser que ela estivesse menstruada, no quarto que ele e Mistler compartilhavam na Eliot House. Eram tardes que Mistler passava na biblioteca Widener ou num barco no rio. A data exata da concepção remontava a uma sexta-feira específica, quando Mistler estava em Nova York, e Peter, cujos cheques passados aos comerciantes de Harvard Square tinham sido devolvidos no início da semana, se viu sem dinheiro para a caixa de camisinhas que estava acostumado a comprar, antes de cada visita de Jeanie, na farmácia que ficava na esquina da rua Boylston. Como Jeanie não se deixou convencer de que a própria boca era um receptáculo adequado, Peter tentou o autocontrole. A disciplina e a resistência ao prazer não eram o forte do primo, como Mistler, posteriormente, teve ocasião de observar e lhe apontar.

Mais uma vez, pânico e desespero. Ela era uma garota judia do Bronx a caminho de um estágio na *Vogue* de Paris. Não havia a menor possibilidade de obter a aprovação dos pais de Peter a um casamento com ela. Eles eram tão preocupados com referências familiares e outros princípios da mesma ordem quanto desprovidos de recursos. Além disso, Jeanie e Peter haviam rompido, e a vaga dela nas tardes de Berry já tinha sido ocupada por uma ninfomaníaca pernalta, originária de Cleveland. Mistler entrou em contato com madame Portes, que ele reputava como a única pessoa que saberia o que fazer. Madame estava em Paris; dois dias depois ela ligou para Mistler e deu-lhe o nome de um médico na rua 86 Leste. Não é mesmo para você?, perguntou ela. Está certo, não pergunto outra vez, mas, se for para você, seja muito delicado com a moça. Agora e, principalmente, quando tudo estiver terminado. Não a abandone. Mistler deu esse conselho a Peter, assim como o dinheiro para o médico, acompanhou o casal à consulta e ficou com Peter na sala de espera, lendo um número da *Life* atrás do outro. Depois, levaram-na de táxi para o apartamento de uma garota que trabalhava na *Vogue*, de modo que não tivesse de voltar para casa, no Bronx, até a manhã seguinte.

Mistler lembrou-se desse incidente quando disse a Peter que se aposentasse. Os motivos para forçá-lo a sair eram razoáveis, e ele pedira a Voorhis para revê-los: a semana de trabalho e o grau de dedicação de Peter haviam encolhido até chegar à metade do que seria aceitável para alguém com um terço do salário dele. Não poderia haver nenhuma discussão a esse respeito, mas Peter estava pronto para argumentar que sua capacidade de recuperação — e os direitos inalienáveis como um dos fundadores da empresa — não tinha sido considerada e que, naturalmente, Mistler estava agindo de má-fé, embora já lhe tivessem oferecido um contrato de dois anos como consultor, tarefa que ele poderia realizar em sua fazenda no condado de Dutchess ou onde achasse melhor, necessitando apenas permanecer ao alcance de um telefonema. Na última sessão de negociações, quando ele e Mistler estavam a sós, pois os advogados tinham se afastado a pedido de Peter, este mudou de posição na poltrona, soltou um arroto e disse a Mistler: Eu poderia aceitar tudo se você deixasse de ser o babaca que não se detém diante de nada para obter o que quer. Foi então que Mistler resolveu acrescentar um toque à vingança que planejara de antemão. Rejeitou o último pedido de Peter ainda pendente, qual seja, que lhe pagassem a diferença entre o que seria o preço das ações, caso a agência fosse vendida nos cinco anos seguintes a um eventual comprador, e o valor nominal que estava recebendo de fato. Essa diferença acabou se revelando uma quantia significativa, importante até mesmo para um homem já rico. Mistler calculou o total exato durante o almoço em que fechou o negócio com a Omnium e achou ótimo que ninguém jamais poderia demonstrar que ele vinha pensando nessa transação quando rompeu relações com Peter.

Você sabe qual é o seu pior defeito?, Lina lhe perguntou. Ela estava lambendo a colher. Ele podia apostar que a moça estava considerando a possibilidade de tomar um terceiro *gelato*.

Talvez. Na sua opinião, qual é?

Você só está interessado em si mesmo. Não me deu a menor atenção desde que nos sentamos aqui.

Verdade?

Verdade. E isso é muito grave. Você sabe que não me perguntou nada a meu respeito.

É uma das muitas formas da minha discrição. Além disso, é muito mais divertido imaginar coisas sem perguntar. Acho que eu poderia lhe dizer muita coisa.

Experimente!

Vejamos. Sem dúvida, vou errar por causa da mencionada discrição e me arriscarei a ser considerado superficial. Você está quase chegando aos trinta, mas, como sua pele é muito boa e você não parece ter tido filhos, posso ter errado por pouco. É possível que você tenha até uns trinta e cinco. Não percebo nenhum sotaque nem inflexão quando você fala. No entanto, acho que é nova-iorquina. De um daqueles bairros italianos superlimpos, e onde há grande união, que ficam na periferia. Baía de Sheepshead? Algum lugar nos limites de Queens ou do North Bronx? Talvez lá para Yonkers? Seja como for, eu diria que você sempre morou perto de Manhattan. Circulando de metrô, entrando e saindo da cidade. Tenho a imagem diante dos olhos. No metrô, uma garota de corpo perfeito, cabelo castanho e liso, rosto sério e pálido, toda ela muito bem esfregada, como se tivesse acabado de sair do chuveiro, jeans azul e uma jaqueta de brim, a mochila ou a maleta de fotógrafa atrás das pernas cruzadas para não ser surrupiada. Está sentada entre duas senhoras gordas. Não há jeito de um velho safado como eu encostar-se nela e esfregar o cotovelo no dela. O velho poderia estar de pé na frente dela, mas pendurado na tira, e procurar contato com o joelho.

Pelo amor de Deus, Thomas! Aposto que você nunca tomou metrô na vida. Aposto que nem sabe quanto custa a passagem. Você anda assistindo aos filmes do Woody Allen.

Ele não podia parar de falar. Do contrário, afundaria.

Totalmente errado, disse a Lina, embora devo confessar que perdi a noção do preço da passagem. Isso aconteceu quando as máquinas pararam de aceitar moedas de vinte e cinco centavos. Minha secretária compra os bilhetes para mim. Mas sou um estudioso dos anúncios do metrô. A meu ver, os anúncios do Preparado H estão entre os melhores já feitos. E aqueles quadrinhos sublimes sobre a AIDS num espanhol macarrônico. Um gênio para o drama e o diálogo. Se ao menos Tennessee Williams tivesse vivido para lê-los.

Mistler parou e tapou a boca. Seria impensável correr para o banheiro de um lugar como esse e vomitar. Talvez se sentisse melhor se respirasse profunda e muito lentamente. Mais uma

Coca-Cola. Fez sinal para o garçom e apontou para o copo vazio. Era muito difícil procurar o lenço no bolso da calça. Enxugou o suor frio da testa com a manga.

Está se sentindo mal? Você ficou verde.

Não — ou melhor, sim. Acho que são as novas pílulas contra rinite alérgica que estou tomando. É melhor eu ficar um pouco quieto e tomar essa Coca-Cola.

Ela colocou sua mão sobre a dele, pousada em cima da mesa. Foi bom sentir o calor. Ele se imaginou na cama, deitado de lado com ela, também de lado, pressionando o corpo contra o dele, bem juntos. Ou com Clara. Sentir o calor no corpo todo. O garçom voltou trazendo uma Pepsi. Não tinha mais Coca. Mistler bebeu tudo e depois comeu a fatia de limão que tinha vindo boiando no copo. O efeito foi o mesmo. Afinal de contas, a Pepsi só não era tão anunciada quanto a Coca. Inspire e expire e pense em outra coisa.

No segundo grau, você deve ter estudado música e artes, continuou. E, depois, cursos de fotografia na Escola de Artes Visuais. Passou a ser assistente de estúdio de um fotógrafo, possivelmente seu professor na escola, antes de começar a trabalhar como *freelancer*. E, claro, teve um caso que durou bastante com um homem casado que não estava disposto a se divorciar. Caso que terminou recentemente, pouco antes de Gansevoort, motivo pelo qual você está à deriva. À deriva sexualmente, quero dizer. Sua mãe e seu pai lá na baía Sheepshead não gostam dessa história, mas deve haver alguns irmãos casados, que vão almoçar aos domingos, essas coisas, com filhos e esposos ou esposas. Um deles mora na vizinhança. Que tal?

Mais ou menos. Quer dizer, a história é boa, mas não é a minha.

De verdade?

É, de verdade.

Tudo bem. Você me conta, então. Se quiser.

Não vai estragar sua diversão?

Prometo que não! Não se preocupe comigo, Lina. Estou me sentindo melhor. Posso ficar aqui sentado tranqüilamente para ouvir.

Primeiro ponto — você errou ao me localizar. Sou do norte do estado de Nova York. Já ouviu falar de Oneida? Fica a oeste de Utica. Oneida foi uma famosa comunidade de amor livre no século XIX. E lá também tem uma fábrica de talheres de prata.

O que explica muita coisa!

O quê?

Você. Você é filha de Afrodite.

Errou outra vez! Sou filha do senhor e da senhora Mahoney. Meu pai trabalhou como vendedor para a fábrica de prata, mas ele nasceu em Rome. Estou falando de Rome, Nova York. Exatamente do lado oposto de Oneida, se a pessoa está vindo de carro de Utica.

Você podia ter sido adotada. Quer dizer que seu nome não é Verano?

É Verano, sim. Fui casada com um sujeito chamado Luigi Verano. Meu primeiro namorado pertencia a uma das famílias da colônia italiana. Olhe que esses caras sabem transar. Está nos genes. Eles vão em frente, e mais, e mais, e depois começam tudo de novo. Meu Deus!

Ereções repetidas não são raras entre adolescentes saudáveis. E onde ele está agora? Estou falando de Luigi.

Em Milão. Você acertou sobre eu ter sido assistente num estúdio. Fui assistente dele em Nova York depois que saí da escola, só que no caso a Universidade de Nova York. Lá eles têm um bom departamento de fotografia. Isso foi quando meu pai ainda estava vivo. Tive que sair quando ele ficou doente. Morreu alguns anos depois.

Sinto muito. Meu pai morreu quando eu era bem mais velho. Ele foi de grande ajuda para mim.

Meu pai teve câncer. Começou no intestino. Os médicos acharam que tinham tirado tudo quando operaram, mas o câncer se espalhara para o fígado. Depois também tentaram tirar o tumor do fígado. Ele estava grande.

Ah!

É, realmente me abalou, aquela história do fígado do santo.

Sinto muito.

Tudo bem. Você não podia saber. Meu tio é padre em Utica. Ele rezava missa pelo meu pai quase todo dia. Isso foi muito importante para minha mãe e também para o meu pai. Não sou religiosa como eles, mas mamãe ainda vai à missa toda manhã. Fomos educados para ser bons católicos. Olhe para mim agora!

Por que você se divorciou?

Por causa do meu tipo de vida! Por falar nisso, estou apenas separada do Luigi. Ele não tem pressa de se divorciar. Sou como um guarda-chuva — uma proteção dele contra a mulher com quem vive. O seu amigo, Gansevoort, acha que posso obter o divórcio em Nova York e apenas mandar os papéis para o Luigi. Ele até achou uma advogada para mim. Se um dia eu conseguir economizar dinheiro para pagá-la, talvez faça isso.

Ponto para o Tony. Ele vai pagar, eu não me preocuparia com isso. Você está dizendo que ele a pediu em casamento?

Mais ou menos — ele mencionou o assunto. Detesto falar disso com você, Thomas, mas fiquei muito aborrecida com o jeito como você falou da religião lá na igreja. Que tipo de nome é Mistler, afinal? Judeu?

Tenho de fato uma bisavó judia, mas não acho que isso faça de mim um judeu. O nome é de origem francesa, mas meu antepassado de nome Mistler era inglês. Mas então, no século

XIX, um bisavô meu casou-se com uma *quaker* de Filadélfia. Imagino que você saiba que os *quakers* não se batizam. Não precisam. Eles têm comunicação direta com Deus. Mas ela é a única *quaker* na família. Desde então, tem sido a decadência, em relação a contatos com o Todo-Poderoso. Eu fui batizado, assim como meu filho, Sam. Esperneando e berrando.

Então qual é o seu problema? O que foi aquilo tudo?

Nada. Não sou membro dos ateus anônimos. Falo demais. Retórica demais. Às vezes gosto de me ouvir falar. Falando sério, não quis perturbá-la.

Às vezes! Claro que você gosta. Seja como for, é você quem nos arrasta de uma pintura religiosa para outra. Todos aqueles crucifixos e mártires. Você não olha para mais nada.

Porque acontece que era isso o que os pintores medievais e renascentistas pintavam — esse era o grande tema para eles, tal como, para os pós-impressionistas, mulheres nuas lavando o traseiro. O que me fascina em todos esses tormentos e carnificinas é a maneira como foram pintados, não o conteúdo ou a mensagem. Detesto o conteúdo e a mensagem também. Penso no modo como seqüestraram a religião cristã, para que, nas igrejas, o amor e o perdão dessem lugar a cenas e mais cenas de dor e de todas as formas de sofrimento que um homem pode impor a outro. Aí também incluo Jesus Cristo, com as feridas ainda abertas, sentado no trono e julgando os pecadores, mandando-os para campos de concentração administrados por Satanás.

Você é mesmo nojento.

Bem, que tipo de religião é essa? Disseram para nós que a Igreja foi fundada sobre uma pedra e que essa pedra era Pedro. Tudo bem, o próprio Pedro foi crucificado, ainda que não sofresse tanto quanto o Mestre. A Igreja vive para a glória do Filho de Deus, que foi torturado e crucificado até a morte, mas continua a matar e a torturar. É líder nessa atividade. Basta somar tudo: as Cruzadas e as guerras religiosas, a expulsão dos judeus de Portugal e da Espanha, as conversões dos hereges e dos judeus arrancadas no suplício e na fogueira, a enorme contribuição ao massacre das populações indígenas por todas as Américas! Não faz muito tempo, na Europa, havia uma cruz com Cristo pregado nela em cada encruzilhada. Nas igrejas, crucificações e mais crucificações. Como eu disse, esse era o grande tema para os artistas. Entendo que seja assim. Gosto em especial das crucificações do norte, onde encontramos, aglomerando-se ao redor da cruz, homenzinhos trabalhadores, espantosamente concentrados em suas tarefas. Olhos sagazes, semelhantes aos dos porcos, gorros vermelhos atados com um fio sob os queixos flácidos. Dá para distinguir cada ruga e cada verruga. O que estão fazendo? Estão diligentemente martelando pregos nos pés de Jesus! Lá estão todas as ferramentas de um carpinteiro honesto, reproduzidas à perfeição, até mesmo algo parecido com uma serra ou um alicate enferrujado cuja necessidade imediata não percebemos. Imaginamos que os homens que serviram de modelo para os pintores, ou seus companheiros de guilda, em algum momento arregaçaram as mangas e fizeram coisas igualmente horripilantes, em nome da glória de Deus, a pessoas de carne e osso que ali estavam, na grande praça em frente da catedral, sob a supervisão do bispo local! Por que não um de seus próprios vizinhos? Um sujeito que de livre e espontânea vontade cometeu esse ou aquele crime contra o Espírito Santo!

Thomas, a crucificação foi um sacrifício. Um sacrifício que Deus fez pelo homem.

Foi o que me disseram no colégio interno e, antes disso, na escola primária. É um sacrifício que não compreendo. Também me disseram que é normal não compreender, porque o mistério ultrapassa a capacidade de compreensão dos homens. Também devo lhe dizer que não compreendo a prova a que

Deus submete Abraão ao pedir que ele mate Isaac, seu próprio filho. Um poeta que admiro escreveu que o inferno expressa a sabedoria e o amor supremos de Deus. Também não engulo essa. E o fígado do seu pai? Como ele se encaixa no esquema de amor e bondade?

Meu Deus do céu, Thomas. Chega. Quero voltar para o hotel.

Está certo. Sinto muito. Quer ir a pé?

Não, se puder ir de outra maneira.

Outra volta imensa. O *vaporetto* seguiu serpenteando pelo Arsenal. A raiva dela não a impediu de segurar-lhe a mão.

Quanto tempo você ficou casada com Luigi?

Três anos. Casamos quando ele resolveu se mudar para Milão para que eu pudesse trabalhar lá, sabe, conseguir um visto de trabalho. Ele é boa gente. Estaria tudo bem entre nós se tivéssemos ficado em Nova York ou se não tivéssemos tido a criança.

A criança?

Minha filha, Alma. Ela mora com ele, quer dizer, com os pais dele. Ele não me deixa tirá-la do país. Eu iria presa se tentasse.

É duro. Quantos anos ela tem?

Fez oito anos na semana passada. É uma ótima garota. O problema é que esqueceu quase todo o inglês que sabia, e você sabe bem como é o meu italiano! Talvez ele deixe Alma viver comigo algum dia se eu me casar com a pessoa certa.

Acho que também me enganei sobre sua idade.

É, mas não conte para ninguém. Tony pensa que tenho vinte e oito anos. A maioria das pessoas acha que ainda não tenho trinta. Estou mais para perto dos quarenta.

Tony sabe de Alma?

Eu contei.

Casar-se com o velho Tony Gansevoort talvez não fosse uma má idéia. Ele tem muito dinheiro, você sabe.

Hum, hum. Eu preferia casar com você, mesmo com todo esse seu papo.

Pode acreditar em mim, o Tony é uma escolha mais confiável. E pode até ser que ele também seja um sujeito melhor.

A náusea se instalara com um gosto ruim na boca de Mistler. Enquanto falava com Lina, ele se preocupava em olhar para longe. Uma brisa fria soprava da água. Ficou satisfeito quando ela o enlaçou pelo pescoço. Fazia muito pouca diferença saber quem entrava ou saía do barco e se as pessoas podiam vê-los. Ele se lembrou da presença, no quadro da igreja dos Gesuiti, acima de são Lourenço e dos torturadores, de uma mulher misteriosa envolvida em panos pretos, de pé num pedestal que parece sair de uma urna decorada com cabeças de leão. Ela segura uma pequena estatueta na mão. É uma oferenda que leva ao templo. Mistler sentiu que havia mergulhado numa escuridão como a dela.

# 7.

Ele acordou porque a bexiga estava cheia e tentou agarrar-se ao sonho. Não adiantou. Os detalhes vívidos e complicados, a ação que imaginou ter dominado tão completamente, tudo se tornou fora de foco e irreconhecível, como um canteiro de flores após uma geada em setembro. Estendeu o braço na direção de Lina. Enquanto estavam se despindo, ele lhe disse que estava cansado demais para fazer amor. Preferiu isso à verdade, que era a vontade de que o enjôo sumisse e a esperança de que isso poderia ocorrer se ficasse deitado de costas bem quieto, as cobertas puxadas até o queixo.

Tudo bem, respondeu Lina. Também estou um bagaço.

Então ela acrescentou: Puxa, foi uma tarde e tanto. Não há dúvida de que você sabe fazer a gente se sentir mal, de que sabe derrubar alguém.

Mais uma vez ele disse que sentia muito. E era verdade. Qual a finalidade de arrastá-la com ele para a miséria em que estava vivendo se não pretendia contar-lhe a causa dessa miséria? Aquelas foram as únicas palavras que trocaram, mas pouco depois ela se aproximou dele e o tocou. Mistler não a impediu; as carícias não o afastaram da preocupação de reprimir a náusea, algo que exigia toda a sua atenção. Agora, prestes a se levantar da cama, ele passou a mão sobre o estômago. A julgar pelas gotículas na pele dele, ela o fizera gozar. Ou será que ele tivera, milagrosamente, um sonho erótico que não conseguia lembrar? Um ou outro deveria ser o motivo para ele ter dormido tão profundamente. Não, Lina não estava ali. No lado dela, o lençol estava frio. O cobertor tinha sido puxado e alisado. Mistler se arrastou para o banheiro, urinou, enxaguou a boca e resolveu deitar de novo. Era muito melhor. Com mais uma hora de sono, a dor nas pernas e nas costas e a assombrosa sensação de nervosismo talvez também o deixassem. Por quanto tempo? Essa era outra questão.

As vidraças do quarto estavam abertas, mas as venezianas abafavam o barulho meio marítimo, meio urbano do Grande Canal. O conforto profundo e inacreditável da imensa cama vazia, o cobertor bem enrolado em volta do torso de Mistler. Desejo de Lina: de início, como um vago capricho, depois cada vez mais preciso e insistente. Ele perdera a sensação consciente do clímax a que ela o levara, o momento em que os dedos de Lina teriam estado molhados do esperma. Impulso ardente que se transformava em gosma fria. Ela lhe dera prazer ao tratá-lo como objeto. O prazer de Lina, supondo-se que ela sentisse algum, provinha da passividade dele e de seu poder sobre seu corpo? Será que ela não o masturbara porque sabia o que ele esperava dela?

Uma vida inteira atrás, antes de completar quarenta anos — a idade atual de Lina, pensando bem —, ele costumava ir a Tóquio quase todo mês para realizar um negócio que imaginava viria a ser importante. No final, o negócio deu em nada. Sua idéia era promover uma sociedade entre a Showa, a maior agência de publicidade do Japão, e a Mistler, Berry. Quase sempre ele saía de Nova York no vôo que chegava a Tóquio no meio da tarde. Numa das primeiras viagens, o presidente da Showa convidou-o para jantar às seis e meia, menos de três horas depois do horário previsto para sua chegada, uma hora implausível para jantar, mas que os japoneses consideravam normal, embora quase inviável naquelas circunstâncias. O percurso de carro do aeroporto ao hotel poderia levar três horas. Uma vez que os anfitriões sabiam quando ele chegaria, achou que seria inútil reclamar. Às seis e vinte, enquanto procurava aflito as abotoaduras que não poderiam deixar de estar em algum lugar do banheiro ou do quarto — mas onde? —, o telefone tocou. O sr. Tadachi, presidente da Showa, "e os outros membros", que resultaram ser quatro, já estavam no saguão. Entraram nos carros, seguiram velozmente em direção a Hibiya e depois foram se arrastando e parando, se arrastando e parando, no tráfego pesado da hora do *rush* ao atravessar Ginza, que ficava em algum ponto à direita, e rumaram para o leste, para além do Palácio Imperial, até chegar a um labirinto de prédios de madeira com um ou dois pavimentos, decorados com versões em plástico de lanternas de papel. O prédio diante do qual parou a caravana de carros era um restaurante especializado em *tempura*, filial de um antigo estabelecimento de Osaka. Os chinelos de feltro azul que tinham sido calçados para atravessar o corredor foram tirados e, de meias, os homens se enfileiraram numa sala privada com *tatami* que tinha o próprio, e até então desocupado, balcão para a preparação dos pratos. Essa era a grande atração. Sob a mesa baixa em que seria servida a comida não havia espaço para os convidados estrangeiros — nem para os japoneses que não fossem avessos a uma pequena manobra — esticarem as pernas e assim conciliar a tradição com o conforto moderno. Sentado de pernas cruzadas, portanto, mas tendo tirado o paletó e afrouxado a gravata para dar uma aparência de informalidade, igualmente importante, Mistler bebeu uma taça de saquê atrás da outra — servidas por uma moça, pouco mais que uma garçonete, mas não exatamente uma aprendiz de gueixa, de joelhos ao lado dele — e consumiu uma quantidade aparentemente infindável de acompanhamentos que não paravam de surgir até o *chef* especialista em *tempura* entrar na sala com mesuras, sem poupar palavras fervorosas para assegurar ao *mama-san* ao lado do sr. Tadachi que aquela refeição era mais refinada que qualquer outra que ele jamais tivesse provado, e preocupou-se em não mencionar nenhum assunto importante na conversa com seu anfitrião. Não era a hora adequada para tratar de negócios; o momento para isso, Mistler tinha aprendido, ocorreria na manhã seguinte, no escritório da Showa. Com freqüência cada vez maior, o sr. Tadachi sorria para Mistler e dizia: Um minuto, por favor, e tagarelava em japonês com seus acólitos. Intervalo para Mistler. Ele mexeria os dedos dos pés e cuidaria das cãibras nas pernas. Na conversa em japonês, eram recorrentes certas palavras-chave em inglês, ligeiramente deturpadas. Dividendo, fluxo de caixa, clientes importantes. Devia haver equivalentes na língua japonesa. Será que essas eram migalhas que os futuros sócios estavam deixando para que ele se guiasse, como João e Maria, ou tudo não passava de uma demonstração de desdém? Será que não se importavam com o que ele pudesse inferir?

Sob o pretexto de precisar ligar para Nova York antes que os colegas que ficaram naquele fuso horário tão distante estivessem ocupados em reuniões, Mistler declinou o convite para completar a refeição de *tempura* com uma degustação de digestivos numa boate. Pareceu-lhe improvável que alguns uísques com soda e poucas horas de beijos e abraços num time de acompanhantes profissionais incrementariam os negócios dele. Mistler não sentia nenhuma nostalgia das garotas de Wellesley com meias de seda e da maneira como impediam o avanço da nossa mão, embora não antes de termos feito algum progresso que elas pudessem reavivar. Um motorista levou-o sozinho para o hotel; os outros carros provavelmente a caminho do melhor que Ginza ou Akasaka tinham a oferecer. Depois de ter dado os telefonemas e tirado a roupa, Mistler achou que podia distinguir, separadamente, uma dor em cada um dos ossos e juntas. Discou o número da agência de massagistas do hotel e pediu uma pessoa para lhe fazer massagem. Uma massagista jovem, acrescentou, curioso do que esse pedido propiciaria.

Massagista em quinze minutos está bem?, indagou uma voz cantada.

Está bem.

Diminuiu a intensidade da luz, girou o botão da mesa-de-cabeceira até ouvir a música dançante da hora do chá que o hotel enviava aos quartos àquela hora e deitou-se na cama. Quando abriu a porta, foi para admitir uma mulher de meia-idade, com dois dentes de ouro. Após desaparecer no banheiro, ela retornou, arrumou os travesseiros da cama para a sessão, enrolou uma toalha na altura do diafragma de Mistler e começou a trabalhar nos ombros dele. Dedos assombrosos, implacáveis, que geravam um calor próprio.

Massagem forte, tudo bem?

Tudo bem.

Uma nova pergunta quando chegou à parte mais baixa das costas dele: Massagem em dobro, tudo bem? Preço dobrado.

Um gemido de assentimento.

Um minuto, por favor.

Ela falou ao telefone.

De volta ao corpo dele. A pressão passou a ser diferente e mais intensa. Quando ela massageou as nádegas, algo — seria o cotovelo ou o lado da mão da mulher? — se enfiou no rego entre as duas, e foi direto, assim lhe pareceu, ao ânus dele. Mistler sentiu o início de uma ereção totalmente involuntária, que, sem dúvida, era independente dos encantos dessa mulher de ar profissional e pernas curtas. Mais para baixo. Ela atacou as coxas dele, especialmente na parte interna. A mão dela tateou-lhe os escrotos, examinou-os e continuou descendo para regiões de interesse cada vez menor. O dorso dos joelhos de Mistler, a barriga das pernas, que ela maltratou, os dedos dos pés. Ela os fez estalar, um a um.

Se sente bem? Deite-se de costas, por favor.

A ereção tornara-se enorme. Era visível na superfície da toalha. A mulher fez um sinal com o dedo e, balançando a cabeça, começou a fazer o percurso contrário pernas acima até a região dos testículos. Dedos roçando aqui e ali. Ela levantou a toalha e, com a testa franzida, examinou a situação.

Muito tempo não faz amor?

Mistler balançou a cabeça. Não. O que ela entenderia dessa negativa dupla?

Massagem especial? Não dizer para ninguém?

Dessa vez ele fez que sim com a cabeça.

Ela o masturbou como nenhuma outra mulher o fizera, melhor do que ele algum dia tinha conseguido, mesmo na escola, quando deixava o dever de lado, lambuzava as mãos de creme e se contorcia na cama do dormitório. Quando ele gozou, ela o enxugou com um lenço de papel e continuou. No fim, a mulher usou a boca. Servindo-se de outros lenços para neles cuspir delicadamente, ela observou: Gozo duplo. Forte.

Depois de limpá-lo com uma toalha molhada, a mulher perguntou: Vai ficar em Tóquio?

Vou.

Quando quiser massagem, pede Matsumota. Lembra?

Com certeza.

Devia ser o nome dela e não o nome da agência de massagistas. Com eficiência exemplar, ela refez a cama e levou as toalhas para o banheiro. Quando estava tudo em ordem, ela lhe entregou uma nota do hotel para assinar, curvou-se e saiu arrastando os pés, levando na mão uma sacola plástica na qual carregava talco e óleo de bebê. Por que Mistler se lembrou dessa cena, aparentemente tão banal? O que a tornou tão intensamente erótica, causadora de uma ereção de raro vigor? Seus sentimentos em relação a Lina pareciam refletir a confusão que sentira naquele momento, não só quanto ao que fizera como ao que lhe tinha sido feito. Também em Tóquio Mistler não tinha conseguido saber ao certo se era o ator ou o objeto da cena. A senhora japonesa não tinha sido obrigada a nada: ele não pedira nada além de uma massagem. O resto havia sido iniciativa dela. A mulher devia ter gostado de brincar com o pinto dele, de fazer o estrangeiro rico e idiota ejacular, duas vezes, quase sem intervalo, em suas mãos ásperas, e depois naquela boca, um verdadeiro pesadelo de dentista. Talvez tivesse sido uma maneira de lhe dizer quem mandava ali, de humilhá-lo. E o grande prazer que irrompeu nele? Teria se originado do ato de degradá-la, do fato de saber que, sem ele ter levantado um dedo sequer, uma mulher sem nenhum fricote, de meia-idade, evidentemente mais velha que ele, que deveria estar em casa preparando arroz grudento para o marido, executava aqueles serviços? Humilhá-la e ser humilhado. Por ela. Cera nas mãos dela. Não era isso o que buscava no ato sexual, não era por isso que o desejo dele por Lina era tão urgente? Ela se abriria toda para ele. Com as próprias mãos. Antes que ele pedisse.

Mistler não se preocupou em vestir o roupão. Acariciando-se, para permanecer poderoso e ereto como um bumerangue, dirigiu-se em passadas largas à porta da sala e a abriu com violência. Tal como a penetraria, bem ali, enquanto ela se debruçasse, o corpo em U, sobre a mesinha. Mas Lina não estava na poltrona onde costumava ler, nem no sofá. A sala estava vazia. Mistler sentiu a ereção esmorecer. No chão, onde ele não poderia deixar de ver, uma folha do papel de carta do hotel dobrada em dois com "Sr. Mistler", sublinhado duas vezes, escrito nela. Ele a apanhou e leu:

> Adeus, Thomas. Esperei que nossos poucos dias juntos fossem agradáveis. Uma aventura inofensiva para nós dois. Quando o conheci no jantar da sra. Williams achei que você tinha gostado de mim, embora seu jeito tivesse sido distante e educado o tempo todo.
>
> Agora me dou conta de que esse jeito distante e educado é tudo o que você tem para dar e que não tem nada de educado. Não quando o valentão toma conta e você começa a arrasar a pessoa, como fez hoje à tarde. Eu já ia mesmo viajar amanhã à tarde, para começar o trabalho em Paris, mas achei melhor partir agora. Você vai ter um dia a mais para ficar a sós na companhia de quem realmente lhe dá prazer — você mesmo! Sei que isso é uma piada velha e infame, mas não posso resistir. Não precisa sentir pena de mim, mas se você conseguir superar seu aborrecimento e lembrar do que disse, que me ajudaria a conseguir trabalho na agência, vou ficar grata, de verdade. Vou até rezar para você. Que tal?
>
> Obrigada pelas roupas e por todas aquelas ótimas comidas.
>
> Acho que é só. Divirta-se!
>
> Lina
>
> P. S.: Acho que você não gosta de mulher. Aliás, nem estou muito certa de que você goste de fazer sexo. Então, qual é seu problema?

A brisa que soprava do canal era gelada. Tremendo, Mistler fechou os vidros e foi ao quarto pegar o roupão. Releu a carta, amassou-a, jogou-a no cesto de lixo e disse em voz alta, uma vez que o silêncio no quarto era intolerável: Eu não precisava disso, mas sem dúvida foi bem merecido. Então ele se corrigiu. Afinal, não tinha pedido a Lina que entrasse sem avisar em sua vida em Veneza. Na única vez em que se encontraram não a tinha encorajado. Aquela história de querer fotografá-lo foi puro atrevimento. Foi ela quem mereceu o que teve. Na realidade, Lina conseguira exatamente o que queria: uma temporada em Veneza num hotel caro e a promessa de trabalhar para a agência. O erro dela foi não ter partido com elegância. O dele foi não tê-la mandado embora logo no início. A boa notícia, como ela teria dito, era que Mistler não precisaria vê-la de novo. Não haveria mais nenhuma insinuação para um drinque ou almoço em Nova York. A má notícia era que a carta talvez fosse um estratagema e ela não partisse no dia seguinte. A moça era bisbilhoteira e sabia dos planos dele. E se, na verdade, ela tivesse reservado lugar no mesmo vôo que ele para Paris? Lina poderia surgir no aeroporto com um sorriso de quem diz: "Aqui estou, agi muito mal", obrigando-o a escolher entre alternativas igualmente desagradáveis: enxotá-la ou fazer a coisa correta, e isso significava transferir a passagem dela para a primeira classe, conseguir que se sentasse ao lado dele e oferecer-lhe uma carona quando chegassem à cidade. Quem sabe? Ela poderia querer ir com ele para o mesmo hotel.

Não havia nenhum motivo para se barbear outra vez antes de jantar, mas ele se barbeou e depois acabou de ler o *Tribune* na banheira. O mercado estava em queda, assim como as ações da Omnium e das outras agências de publicidade relacionadas. Sua esperança era que a tendência continuasse assim até o dia em que o preço de troca das ações da Mistler, Berry pelas ações da Omnium estivesse fixado, mas não tanto a ponto de sair do controle, nem por muito tempo, a menos que seu pessoal reclamasse, arrependendo-se de não ter recebido o pagamento em dinheiro. Observar que as ações sobem e descem é muito fácil, mas as pessoas têm dificuldade de se lembrar disso. Mike Voorhis lhe dissera que os advogados estariam com os documentos prontos para ser assinados dali a duas semanas. Uma vez anunciado o negócio, ele precisaria conversar com muita gente. As equipes da Mistler, Berry e da Omnium, os clientes além daqueles poucos com quem já tinha falado ao pé do ouvido, a imprensa especializada, os banqueiros, os analistas. Segundo Voorhis, Jock Burns estava planejando apresentar-se junto com Mistler num almoço de gala a se realizar no Plaza. A náusea, uma fraqueza nos braços que era como se estivesse sendo esmagado — nada disso parecia tolher sua agilidade mental. Mas permanecer simpático, sereno? Isso dependia de não estar se sentindo tão podre. O segredo pesado também teria de ser adequadamente revelado à família de Mistler. Talvez pudesse conseguir que Sam fosse encontrá-lo para juntos passarem o fim de semana logo após sua volta para Nova York, sob o pretexto de notícias importantes e confidenciais sobre negócios que estavam prestes a vir a público. Afinal, um dia o dinheiro seria dele. Então contaria ao filho e a Clara ao mesmo tempo. Em Crow Hill, se possível.

Tirou a carta de Lina do cesto de lixo e releu-a com atenção. Não havia nada ali para deixá-lo tão alarmado. Se ele tivesse revelado a Lina que estava doente, ela teria tentado consolá-lo. E talvez até tivesse conseguido. A "aventura" tinha sido degradante na cama e fora dela, algo evidente para ele mesmo em seu novo prisma. Ambos tinham procurado essa situação. Quanto a não gostar de mulheres ou de fazer sexo, era uma observação interessante. Talvez as expectativas dela fossem muito grandes; talvez ela estivesse certa. Ela teria suas almejadas oportunidades de trabalho na agência. Ele nunca voltava atrás nas promessas feitas; pena que a moça não tivesse percebido. Por outro lado, onde teria ela aprendido as particularidades do código de conduta de um cavalheiro? Com Tony Gansevoort, seu idiota. O que ela não tinha procurado fora a história nos Gesuiti. E depois, naquele café horrível, ele tinha, injustamente, aumentado sua aposta, a ponto de agredi-la. Lina se recuperaria de tudo; a gente não pára de se recuperar até cruzar a linha final, assim como a gente se limpa muito bem depois de uma relação sexual suja. Feita a toalete, o corpo volta a parecer novo e cheira tão bem quanto. A psique também se reanima. Tudo acaba bem porque tudo acaba, madame Portes observara após uma visita que fizeram juntos ao hospital durante a última depressão de seu pai. O que pressupõe que se queira que as coisas acabem, retrucou ele. Ela não aceitou essa hipótese. *Chéri*, ela lhe disse, seus desejos não estão *à l'ordre du jour*.

No caminho para o jantar, ele só conseguira chegar até Santa Maria del Giglio quando sentiu o chuvisco. Será que choveria forte? Uma chuvarada depois de dias tão perfeitos não o surpreenderia. O que dizia a previsão do tempo? Ele não tinha se preocupado em ler *Il Gazzettino*. Não importava o que o jornal dissesse, não havia motivo para se arriscar a ficar ensopado. O restaurante ficava aberto até bem tarde, e sua reserva ainda lhe proporcionava muito tempo. Na realidade, ele tinha certeza de que o proprietário, o *signor* Nerone, já teria aberto, e talvez até decantado, uma das boas garrafas de vinho tinto para se adiantar à chegada de Mistler. Este, porém, não quis voltar para pegar o guarda-chuva. Seria uma brecha para o irritante porteiro-chefe relatar mais uma vez como havia insistido com *la signorina* — segundo as regras aplicadas com uma velocidade que se desejaria existisse no serviço de quarto, Lina fora rebaixada a uma faixa etária mais nova ou a uma categoria social mais baixa — para que lhe permitisse chamar um táxi aquático para servi-la, e como ela, rejeitando as solicitudes dele, desaparecera campo afora, sozinha, arrastando a mala de rodinhas barulhentas. *Basta!* Levantou a gola do blazer, cruzou a ponte e percorreu um breve trecho da Calle Larga 22 Marzo. Virando à esquerda, passou pelo Fenice. O restaurante do Nerone ficava a vinte passos dali, no Terrà degli Assassini, um pequeno rio aterrado que termina no canal que liga o Bacino di San Marco ao Grande Canal, depois que este faz sua primeira curva vertiginosa. Amantes inconvenientes, comerciantes estrangeiros que, descuidados, exibiam os ducados nas bolsas e, depois desse jantar que ele estava antecipando tanto e do vinho embriagador, talvez até mesmo o sr. Mistler — tantos corpos enfaixados foram lançados nessas águas barrentas em noites assim! Sem pesos amarrados aos pés. Ao contrário, os sicários contam com uma feliz confluência de correntes e marés para levar os mortos para longe da vista e da memória, para além de San Giorgio, até a praia estreita do Lido. Com a bênção da Virgem, o cadáver pode até seguir à deriva para o golfo e o mar aberto, deixando para trás Le Vignole e os obstáculos formados pelas ilhas e baixios da lagoa. Era uma passagem que um homem vivente poderia querer tentar atravessar, numa gôndola ou num esquife, curvado sobre os remos, completamente só, cercado pelo lodaçal e pelo vôo de pássaros assustados. Ou seria o caso de tentar o caminho mais difícil, rumo ao sul?

Mistler olhou pela janela. O Nerone era na realidade um *vini*, do tamanho de um café-restaurante da parte baixa da Décima Avenida. Para uma noite de dia de semana, até que estava movimentado. Em dois reservados, mesas para quatro pessoas tinham sido arrumadas para duas. A que ficava perto da cozinha era aquela em que o *signor* Nerone e seu assistente jantariam depois que os últimos fregueses tivessem sido servidos. Na outra mesa, uma taça com vinho tinto e a garrafa da qual a bebida tinha sido despejada estavam à espera, ao lado de guardanapos brancos engomados e uma cesta com pães. Devia ser a mesa de Mistler. Que pena! Um lugar teria de ser dispensado. Mistler entrou, acenou na direção do *signor* Nerone e se sentou.

# 8.

De volta ao hotel, ele liga para Clara. Ela decidiu, afinal, ir ao jantar de Voorhis, é, nessa mesma noite. É mesmo? Que bom. Ele não teria insistido para que fosse, mas Mike ficaria especialmente contente. Não, para eles não tinha importância ela ir sozinha — longe disso! Mike vem trabalhando duro para a agência, sobretudo nos últimos meses. O fato de ela não ter desistido do jantar, mesmo com Mistler viajando, vai deixá-los emocionados. Sim, claro que ele também está contente. Ele sabe que ela está fazendo isso por ele, e não por Mike ou Ellen Voorhis. Ela não percebe que ele está satisfeito? Quem mais vai estar lá? Não tenho idéia, mas por certo haverá outras pessoas. Ah, algum sócio do escritório de advocacia que trabalhe para a agência, talvez Schwartz, o consultor fiscal, e a mulher dele, a ginecologista, vizinhos da casa de campo em Garrison, esse tipo de gente. Sam não ligou? Que chato. De jeito nenhum, ela não precisa atribuir nenhum significado especial a esse fato. Não, sempre tem um significado? Talvez ele esteja só ocupado e, seja como for, ela sabe que ele não gosta de conversar ao telefone.

Comportamento anti-social? Essa é meio forçada, mas, se for assim, é uma atitude em relação ao mundo em geral, e não a ela. Rá! Rá! A garota? Qual delas, Monique ou a filha? Sem dúvida, às vezes fica meio constrangedor conversar com ele sabendo que Monique está por perto, mas bem que a gente poderia se acostumar com isso. Eles vão se casar! Ela está certa, não podemos fazer nada a respeito. Bom, então ligue para ele no escritório. Se não atender, o melhor é deixar um recado pedindo que ligue de volta, ou encontrá-lo em casa quando Monique estiver na clínica. É, isso quer dizer ligar depois das cinco da tarde na hora de Nova York. Ah, ele telefona para Sam sempre que tem vontade, Monique não o incomoda. É isso aí, nem a garota, Linda. Não, isso não quer dizer que ele seja superior, só que é menos suscetível. Não, não tem jantado com outras pessoas. Não faz parte das regras dele não conhecer pessoas em Veneza, nem marcar encontros com outros americanos de passagem? Ele jantou sozinho, no Nerone, meio tarde. É espantoso como o Nerone mantém esse horário. Exato, ele foi jantar tarde porque tirou um cochilo e não teve vontade de sair da cama. É, e depois teve vontade de sair. Ah, o pessoal de sempre. Duas meses de gente do lugar e uns franceses e americanos da velha-guarda. Na verdade, estava lá um casal francês que ela conhece. Ele não jantou com eles; quando estavam saindo o cumprimentaram e sentaram-se um pouco com ele. É, ele queria exatamente isso. Simonnet. Arnaud Simonnet, o banqueiro, e a mulher com jeito de estilista. Yolande, o nome dela é Yolande, mas Simonnet a chama de Yo. É isso, fazendo o tipo "ainda sou uma jovenzinha"; quando os encontrávamos, o estilista devia ser Cardin. Isso, quadrada de ombros e um bocado de pernas à mostra. Esta noite? Usava um terninho e couro. Suspensórios, cinto grande, colete — decididamente nada S&M, mais para Hermès. Não, não disseram grande coisa, falaram mais sobre política francesa, todos os últimos horrores sobre Mitterrand, esse tipo de coisa. Não jantaram com ele, já tinham terminado. Só tomaram um pouco de seu vinho. O que não foi mau; ele talvez não tivesse conseguido chegar ao hotel se tivesse entornado a garrafa sozinho. Nenhum plano de vê-los de novo. Não, não vai. Encontrar Yolande? Que idéia maluca! Claro que Simonnet gostaria de fazer amizade, é ele, Mistler, que é anti-social. É, igualzinho ao Sam. Ele ligará no dia seguinte à noite. É, antes das seis, horário dela.

Quando foi que ela se tornara tão cansativa e aborrecida? A pergunta era retórica, uma das muitas que Mistler se fazia para aliviar a pressão. Assim, a resposta era dispensável. Quando, por acaso, Mistler refletiu sobre o assunto com cuidado concluiu que não poderia afirmar que Clara tivesse mudado muito nesse aspecto específico. A lentidão, o hábito de aceitar tudo o que ele dissesse e depois repisar o que fora dito pelo menos duas vezes para se certificar de que havia entendido bem, aquelas perguntas intermináveis — quando diz que vai ligar amanhã à noite, quer dizer quando é noite em Nova York, e não quando é noite em Timbuktu? e assim por diante — tudo isso era alguma novidade? Muito tempo antes, esse tique específico, pois na realidade não passava de um tique, o divertira; ele implicava com ela por causa desse hábito. Ele é que mudara. E em geral sob a forma de impaciência. Era por isso que, mesmo quando estava no melhor dos humores, como nesse momento, o que poderia começar como aparente solicitude logo se tornava condescendência, um filtro que transformava os pedidos dela para ser tranqüilizada nas aporrinhações insuportáveis de uma mulher confusa e insatisfeita. Pior ainda. Humilhada. A Clara obediente e submissa de quando a confrontou a respeito de Peter Berry. Cada uma das partes tinha recebido um valor equivalente de humilhação, a moeda do negócio: uma transação muito bem equilibrada. Nem por um minuto ela acreditou que ele tivesse perdoado ou esquecido — como ela também não tinha. Provavelmente estava convencida de que ele se lembrava do caso toda vez que pensava nela, sem dúvida toda vez que fodiam. Seria assim que ela falaria consigo mesma; ele tinha ficado chocado, mas também excitado, quando ela usou a palavra na bucha, referindo-se à primeira cópula deles e desde então, possivelmente porque notara a excitação dele, a usava sempre. Seria mais uma humilhação se ele assegurasse à mulher, antes que tudo terminasse, que ela estava errada, que a recordação que ele tinha do erro, e do ódio, era apenas intermitente, como um acesso de malária?

Simonnet e Yolande o surpreenderam. Que o tivessem cumprimentado no restaurante era provavelmente inevitável, embora, no lugar deles, tendo em vista que não tinham dado sinal de tê-lo reconhecido no *vaporetto*, ele não teria tido esse trabalho; era bastante fácil sair de um lugar como aquele, olhos fixos na porta, embora a ruidosa despedida do *signor* Nerone o tivesse feito distrair-se da costeleta de porco empanada e erguer os olhos. Debite-se o gesto à estupidez, exibindo-se como gentileza. Mas havia necessidade de indagar, depois de ter se levantado desajeitadamente para lhes apertar as mãos, se gostariam de acompanhá-lo e de lhes oferecer um tanto atrasado uma taça de vinho? Não era a primeira vez que Mistler tinha amaldiçoado o instinto gregário que acomete os turistas, a compulsão, ao encontrar conhecidos em solo estrangeiro, de passar diretamente para uma familiaridade que encontros anteriores não autorizariam. No caso de Simonnet, a necessidade (ou seria treino?) de aproveitar toda e qualquer oportunidade para cultivar contatos profissionais, mesmo que as circunstâncias não parecessem particularmente propícias, deve ter sido relevante. Mas a gafe que se seguiu foi excessiva. Que necessidade havia de comentar que o tinham visto naquele dia no *vaporetto* e de mencionar a ausência da encantadora e jovem companheira dele ao jantar? A atitude contradizia o único motivo plausível para explicar por que não o cumprimentaram naquela ocasião: a norma antiquada segundo a qual não devemos reconhecer a presença de um homem acompanhado de uma mulher que não seja a esposa nem membro da família dele a menos que ele nos reconheça primeiro. E depois perguntar — a pergunta foi de Yolande — se, caso todos permanecessem em Veneza até domingo, o que estava nos planos dos Simonnet, eles teriam o prazer de conhecê-la. Mistler disse um não de tal forma peremptório e definitivo que teria sido razoável eles saírem ventando naquele momento. Ao contrário, para maior surpresa dele, ele se viu recebendo um sorriso misto de indulgência e sabedoria mundana de Yolande. Afagando o braço de Simonnet, como se este também merecesse simpatia, ela observou: Ah, sua jovem amiga precisou sair de Veneza antes do fim de semana! Uma moça trabalhadora, com uma carreira profissional. Todas elas estão sempre tão apressadas — não têm tempo para ser felizes, nem mesmo neste lugar divino.

Mistler nem respondeu.

Aparentemente determinada a prosseguir no raciocínio até o fim, embora ele não conseguisse ver nenhuma relação com o que veio a seguir, ela acrescentou: E aquela pobre Elisabeth Portes! Que tragédia! Morrer tão moça. Não o víamos desde o desaparecimento dela. Vocês eram tão próximos. A irmã de Elisabeth, Mireille Leroux, viúva do professor Leroux, o cardiologista, claro que você também a conhece, fala de você com grande admiração.

Essa foi uma terceira surpresa, especialmente incômoda. Mistler lembrou-se de ouvir Simonnet dizer, ao término de uma reunião de negócios, que ele conhecia a irmã de madame

Portes e que ela lhe dissera ser amiga de Mistler. Lembrou também que, na única vez em que foi com Clara jantar no apartamento deles, Simonnet o fez estremecer quando pronunciou o nome de madame Portes. Sem a menor intenção de discutir assuntos mais íntimos com esses conhecidos de relações de negócios, ele limitara a resposta a um grunhido com múltiplas finalidades.

Segundo Mireille, foi uma doença terrível.

Sim.

Mireille disse que você sempre visitava Elisabeth. Tão poucos homens importantes fariam isso — tão longe de Nova York! Você a conhecia havia muito?

Era amiga de minha mãe.

Claro, muitos dos amigos musicistas dela foram também extremamente atenciosos. Ela fez tanto pela música, e os artistas de fato têm tempo para a amizade. Diferentemente de homens ocupados, como você e Arnaud. Que vida inútil, frustrada! Casou-se logo depois do colégio de freiras com um amigo do pai, homem desagradável com idade para ser pai dela — e ele morreu logo, sem deixar um centavo. Não foi como se houvesse *un polichinelle dans le tiroir*, acho que na América vocês dizem um casamento na polícia. Nunca tornou a se casar, nenhum familiar, exceto a pobre Mireille e o filho dela. Você conhece aquele rapaz que agora mora no Brasil. Aqui *entre nous*, ele viver tão longe deixa Mireille arrasada. Viver sozinha é difícil para as mulheres quando envelhecem. Sobretudo num caso como o de Elisabeth Portes. E depois morrer numa solidão tão completa! Você não acha que no leito de morte só a família conta?

Simonnet interrompeu: Elisabeth Portes não teve um envolvimento com um homem que não queria ou não podia se casar com ela?

Não sei, admitiu Yolande. Acho que houve muitos homens. O provável é que fossem totalmente inadequados.

Madame Leroux devia considerar o caso da irmã com o pai de Mistler realmente muito inadequado, um concubinato vergonhoso, algo que ela considerava um esqueleto no armário familiar. Do contrário ela não teria sido tão discreta. Esses intrometidos dificilmente esqueceriam um nome tão raro quanto Mistler, caso ela o tivesse mencionado, e, se por um milagre isso tivesse ocorrido, o nome teria sido lembrado enquanto entornavam o Barolo dele e fofocavam sobre uma mulher morta que nunca tinham visto. Mistler lembrava-se de madame Leroux sem nenhuma simpatia. Durante aquelas semanas horríveis, ela tinha dado duro para se certificar de que a irmã não negligenciaria os deveres familiares e, num momento de fraqueza ou loucura, deixasse o dinheiro para o filho do amante. Talvez fosse uma preocupação antiga. Sempre que se via a sós com ela, por exemplo, no corredor do lado de fora do quarto da doente, enquanto as enfermeiras, por trás da porta de correr, se ocupavam com alguma tarefa desagradável, madame Leroux falava da inflação, que lhe tinha devorado a pensão de viúva, e das previsões pessimistas do *notaire* que cuidava de suas finanças. Ela estava sendo obrigada a gastar o principal. Elisabeth, é claro, era livre para fazer o que quisesse com o dinheiro dela, *cher monsieur*, mas, se desse um mínimo que fosse de atenção ao assunto, ela perceberia que a independência do sobrinho estava nas mãos dela. Que alívio seria para a mãe dele! O rapaz estava noivo de uma moça de boa família, mas sem um centavo. Quando se casassem e tivessem filhos, não havia literalmente nada com que pudessem contar a não ser o dinheiro curto, que encolhia, dela. Mistler supôs — na verdade, era mais do que claro — que ela apelava ao sentimento de delicadeza dele, quanto mais não fosse ao de dever familiar, que talvez estivesse atrofiado na irmã devido à vida nada convencional desta. Assim sendo, ele poderia, durante as muitas horas que passava *tête-à-tête* com madame Portes, abster-se de persuadi-la a deserdar o próprio sobrinho. Ou, caso ela já estivesse firme nessa intenção malévola, impedi-la no último momento de cometer tal crime! Receber a incumbência de uma tarefa que deveria caber ao padre teria divertido Mistler em outras circunstâncias. Ele se perguntou se ela ousava ter esperanças de que Mistler poderia, se o pior acontecesse, renunciar à herança em favor do herdeiro natural.

A possibilidade de que ela também pudesse estar atormentando madame Portes com o assunto do dinheiro horrorizou Mistler. Com precaução infinita, ele lhe pediu que assegurasse a madame Leroux que esta não precisava temer pelo futuro do filho.

Madame Portes riu — o timbre da voz e o cascatear excitante do riso dela não tinham mudado. Ah, o jovem Leroux! Se eu não tivesse *l'esprit de famille*, eu realmente deixaria tudo para você. Seu pai foi tão generoso, e qualquer centavo que eu não gastasse imediatamente era sempre investido com muita sensatez. Primeiro ele me fez feliz, Thomas, e depois fez de mim uma mulher rica. Você sabe que na ocasião em que o problema ocorreu, seu pai recusou-se a deixar que eu ajudasse.

Não havia necessidade, *tante* Elisabeth. Ele tinha mais do que o suficiente para pagar os prejuízos.

Eu deveria lhe deixar pelo menos as jóias. Todas foram presente dele. Aquela bobinha com quem o jovem Leroux quer se casar nunca as usará. Serão vendidas. *L'esprit de famille!* Você é o filho que eu queria, o filho que ele e eu deveríamos ter tido. Thomas, seu sucesso não está todo ele na superfície?

Na minha vida?

Esse também. Mas e no seu trabalho?

*Tante* Elisabeth, ninguém mais vive uma vida grandiosa,

mas talvez eu seja mais rico do que meu pai jamais foi. Quanto ao resto? Está tudo bem, *sans histoires*. Seja lá como for, não sou como meu pai. Quando acordo de manhã, eu me sinto bem. Durante o dia ou durante a semana, o que vem pela frente não parece ter importância.

Ele também era assim, disse ela, mas só por fora. Então ela tirou o anel com a enorme safira oval do dedo e o encerrou na mão de Mistler.

Ele me deu depois da primeira vez que o visitamos na escola. Você se lembra? Não discuta, quero que seja seu.

Mistler olhou para o outro lado da mesa. Os Simonnet não tinham desaparecido. Ele também se lembraria deles com antipatia. Que coincidência útil, embora também curiosa, eles terem lhe trazido a lembrança da safira! Clara nunca a vira. Assim que voltasse a Nova York, ele a tiraria do cofre do banco e, quando Sam chegasse, lhe mostraria o anel, durante um almoço no clube se não fosse tarde demais, no estojo de couro vermelho já gasto que tinha pertencido ao pai, exatamente como este a guardara. Alguma explicação seria necessária, o suficiente para deixar claro que não era apenas o preço daquela pedra assombrosa que importava. Seu filho então poderia decidir se, e quando, queria dá-la a Monique.

Estaria madame Simonnet esperando uma resposta? O marido já terminara sua taça de vinho. Talvez quisesse que o servissem de novo. Nem o marido nem a mulher se mexiam. O silêncio era grotesco.

Como vai o banco?, Mistler perguntou. Suponho que continuamos fazendo negócios com vocês.

Bem menos do que poderíamos. Eu gostaria de uma oportunidade para conversar com você sobre o assunto.

Hoje em dia, deixo todos esses assuntos com outras pessoas. Fale com o chefe de nosso setor de tesouraria em Londres. Por ora, não devemos aborrecer Yolande com essa conversa e precisamos deixar Nerone fechar.

Tinha parado de chover. Yolande disse que estavam no Monaco — o hotel dele ficava no caminho — e que poderiam voltar caminhando juntos. Esse casal grudava como chiclete.

Torci seriamente o tornozelo, respondeu Mistler. Seria melhor eu voltar mancando sozinho.

A cama recém-feita, o banheiro em ordem, flores frescas na mesa de centro da sala. Na RAI Tre, um filme dos anos 50. Policiais gordos da força estadual da Louisiana atormentando, num italiano fluente, um garoto de cabelo escovinha e com um pente saindo do bolso da camisa. O motor da radiopatrulha funcionando, ouve-se o barulho da estática do rádio, e a luz da sirene gira sem parar. Mistler acha que já viu o filme, mas não se lembra do nome, nem do enredo, nem de quem está fazendo o papel do garoto. Ele podia continuar vendo o filme para melhorar seu italiano, mas de nada vai servir; dali a dois dias estará partindo. Usando o controle remoto, ele encontra previsão do tempo na CNN, dois políticos italianos numa discussão interminável, um filme em alemão do tipo que Sam costumava chamar de intenso e outro no qual uma garota tira a roupa na frente de um homem que não presta a menor atenção e continua concentrado em comer. Por que se dar ao trabalho de assistir à TV? Há um videocassete ligado ao aparelho. Mistler gostaria de ter uma fita de vídeo. Abre o frigobar. A bandeja de gelo está vazia. Seria menos humilhante chamar o empregado da recepção e mandá-lo trazer uma garrafa de uísque verdadeira, uma San Pellegrino e um balde de gelo. Mas beber no quarto sozinho só irá deixá-lo deprimido. Bem que ele poderia escovar os dentes, tomar dois comprimidos para dormir e esperar o melhor. Por que não fazer uma inspeção final no bar do hotel? Ou, do outro lado da ponte da Accademia, na boate de nome árabe? Já passou por ela inúmeras vezes. Só Deus sabe o tipo de clientela. Pode-se apostar que o lugar ainda está aberto e com um bom movimento. Por precaução, ele escova os dentes e desce. Sinto muito, senhor. O bar fecha às onze. Vá pro inferno. Não há necessidade de atravessar para a outra margem e encontrar um bar que é sinistro, embora de gênero diverso. Ruma para o Rialto e segue adiante. O bar continua exatamente como em sua memória. Meu Deus! Como a chuva parou, alguns homens até se sentaram às mesas do lado de fora. Não é um lugar onde Mistler normalmente gostaria de ser visto; com certeza, não sozinho, sem uma mulher ao lado. Por que se preocupar com isso? Ele não vai ficar ali à toa no terraço; seria demais. Lá dentro, brilha uma luz branca, como nas antigas e baratas biroscas italianas de Nova York. Há várias mesas vazias. Mistler se acomoda e acena para atrair a atenção do garçom.

Um uísque duplo com soda e uma única pedra de gelo. A bebida lava e afasta a dor que vinca sua testa, assim como, anos antes, o mergulho na água estriada e trapaceira da baía, quando Sam ainda passava parte das férias de verão com eles, e, após a semana na cidade e a viagem de carro lutando contra o sono enquanto lia sua pilha de papéis, ele chegava a Crow Hill para uma recepção barulhenta. Nesse momento ele sente a mão de alguém no ombro e ouve uma voz familiar: *Siete voi qui, Ser Tomasso?* Ele a reconhece de imediato. Barney Fine. Ninguém mais diria essas palavras. Não importava que a última vez que tivessem se encontrado fosse — sabe Deus quando — três ou cinco anos antes.

Mistler se vira. Meu Jesus! Ali está ele, rindo, queimado a mais não poder, mais magro, e, como se inclina, não mais tão extraordinariamente alto. Meio careca no cocuruto, com fiapos compridos de cabelo branco que parecem ter nascido atrás das orelhas, usando a mesma calça cáqui que usava em Harvard, anos a fio, outono, inverno, primavera, e que termina a uns bons dois centímetros acima dos tênis sujos que ainda calça. A identidade relacionada ao traje acaba aí. Nessa noite Barney veste uma camisa de gondoleiro, de lã azul-marinho, em vez do paletó de *tweed* marrom então puído, com as casas dos botões e as bainhas das mangas debruadas de camurça, além de retalhos do mesmo material nos cotovelos. Mistler tem de admitir que o traje cai bem em Barney.

Você não está com vergonha de ter sido surpreendido aqui por este velho amigo? E se a notícia se espalha? Rapaz, você vai sair na primeira página do *Village Voice*! E ficar em maus lençóis com a Clara. Na certa, ela vai entrar com um pedido de divórcio!

Se esse é o preço a pagar por revê-lo, será suportável. Mas o que você está fazendo por aqui, isto é, em Veneza? Lembro-me de ter recebido um cartão que traz Xania como seu endereço permanente. Por que não está lá? Esta deve ser a melhor estação para estar em Creta.

É tão perfeita que chega a ser inacreditável. Ainda mantenho a casa. Sabe de uma coisa? Ela foi construída por um mercador veneziano quando Veneza nos colonizou. Ei, lembra do meu amigo Leo?

Lembro — o artista gráfico. Ele esteve na agência. Não ficou muito tempo.

Exato! Nós nos conhecemos justamente na agência. Ficamos juntos desde então e agora ele me fodeu. Fui trocado por um pastor de cabras grego, imagine só, o tipo de sujeito que, em outros tempos, transava com a pessoa, levava seus dois dólares e não dava a menor bola se a pessoa gozava ou não. Ele levou o pastor para morar na minha casa! De repente, a casa e toda a porra daquela ilha me pareceram abarrotadas de gente. Vim para cá dar um tempo. Se não for um capricho passageiro do Leo, vou ter que botar os dois para fora.

Não seria complicado?

Com o grego, sim, porra, sem dúvida. Lembra de Bobby Crane? Ele tinha uma casa no porto, três casas depois da nossa, e um pastor de cabras só dele, um babaca que era na verdade garçom da taberna. Enfim, um dia Bobby se deu conta de que o garoto tinha roubado os castiçais da mãe dele e correu para a polícia. O garoto foi para a cadeia, realmente, mas depois que cumpriu a pena voltou e cortou fora a cabeça de Bobby com um cutelo de açougueiro que pegou emprestado da própria taberna! O que você me diz disso?

Deplorável!

É bom que essa história típica esteja bem viva na *cabeza* do Leo. É uma pena que toda a prata da casa seja minha. Aqui, estou no Zattere, com Bunny Cutler.

É ele ou ela?

Ela. Você a conhece. Ela foi de Radcliffe, da nossa classe.

Não, não conheço.

É que você não lembra. Mas isso é assim mesmo. Acho que eu não conhecia mais que umas vinte pessoas da minha classe e aposto que só me lembro de cinco. Ela viveu anos com Feretti, até ele morrer. Tenho certeza de que você o conheceu. Sua mãe sem dúvida conhecia.

Você está falando de Enrico Feretti, o compositor? É, sim, minha mãe o conheceu. Mas eu não, nunca o vi. Essa era uma parte da vida dela que acontecia no inverno, em Nova York, enquanto eu estava na escola, depois na faculdade e na Marinha. Raros eram os amigos artistas da minha mãe que apareciam em Crow Hill.

O que foi uma pena. Você perdeu um personagem notável,

e não estou falando só da genialidade dele. Feretti foi o último grande monstro italiano. Fodia tudo o que andasse, nadasse ou se arrastasse — todo e qualquer membro do reino animal, até mesmo mulheres. Estupidamente rico, claro. Recebia que era uma maravilha. A própria Sodoma e Gomorra, tudo acontecendo sob o mesmo teto. Acredite, êxtase puro. Bichas e sapatões chegavam voando de Londres e Paris. Muito desagradável para Bunny. Ele deixou tudo para um garoto da Costa Rica, inclusive o mais belo *palazzo* de Veneza, que sempre foi da família dele. No fim, acabou adotando o *bambino*, e agora o garoto se autodenomina *marchese* Lopez-Feretti! Mas Bunny se arranja muito bem. Apareça para almoçar!

Você acha que vou me sentir à vontade?

Vamos ver. Quando Enrico estava por aqui, eu teria emprestado a você um cordão de ouro e algo de couro. Agora, fica a seu critério.

Combinado. Enquanto isso, você pede àquele efebo que nos traga um uísque? E, só para variar, muito gelo?

Barney sabe das coisas, Mistler reflete. É também um bom poeta. A máscara de Allen Ginsberg é tão fina que não chega a irritar. Ah, pedras de gelo suficientes para afundar o *Titanic*. O que restava da dor de cabeça de Mistler desapareceu. Agora só havia a bile circulando. Hora de acender um charuto. Nesses assuntos, Mistler é despretensioso; embora talvez houvesse uma caixa de fósforos num dos bolsos do blazer, ele se arranja com o isqueiro Bic comprado por mil liras. Mesmo depois de uma segunda chama, o raio do isqueiro não pega, talvez porque esteja úmido. Com delicadeza, Mistler escareia o furo na extremidade do isqueiro com a lâmina de seu canivete. Há uma melhora imediata nesse local. Mistler gostaria de dizer a mesma coisa sobre seu estômago. Quieto, Rex! Um dia, não tão distante que sua lembrança não alcance, o corpo foi a fonte de uma alegria ingênua. Mais tarde, o truque era mantê-lo a certa distância e em boas condições, utilizá-lo como uma espécie de manequim de alfaiate. Agora, ele é um inferno. Por alguns meses, daria para agüentar. Mas e se essa situação durasse uma eternidade? Esqueça-o.

Onde está a casta e bela Clara? Vocês se separaram?

Não.

Ótimo! Sendo assim, já estou entendendo: ela se recupera dos passeios turísticos no *letto matrimoniale* enquanto o jovial e alegre Mistler *fa un piccolo giro*. Que vergonha, Thomas! Você devia começar a se comportar como gente da sua idade.

Aos poucos, fica óbvio para Mistler que Barney e Peter Berry mantêm contato. Barney sabe de tudo nos mínimos detalhes e agora está se aproveitando disso. Como foi tolo ao não ter, ele próprio, perguntado a Clara. Ele devia tê-la obrigado a contar e depois a mostrar-lhe, repetidas vezes, como é que eles tinham feito todas aquelas coisas que ele nunca lhe pedira porque ela era sua esposa. Ah! Para quê? Isso são águas passadas. Imagens que o deixaram excitado durante trinta anos — excitação, desejo — e estão enterradas como o próprio passado. Tudo o que sente é um embaraço culpado, nada diferente do que sente ao virar as páginas de uma revista de sacanagem no balcão do hotel enquanto o carregador cuida da bagagem.

Enquanto isso, Barney dá risinhos. Será que esse judeu f.d.p. lê o pensamento dos outros?, Mistler se pergunta. Por que ele está me olhando desse jeito?

Na realidade, Clara está em Nova York fazendo boas ações em meu nome, Mistler informa a Barney. A esta hora deve estar jantando com o advogado da agência e a mulher não lá muito casta dele.

Mas é fantástico! Você mudou mesmo. O superzeloso Mistler tirando férias de solteiro!

Um imediato assomo de prudência: se disser a verdade a Barney, este ligará para Peter. Seria o mesmo que convocar uma entrevista coletiva e dar por encerrado o negócio com a Omnium! Por isso, ele se limita a dizer: Este é o ponto final de uma viagem de negócios a Milão, Barney, só isso. Tirei uns dias de folga para poder rever alguns Ticiano. Mudando de assunto, acho que não o vejo desde aquela festa que você deu no apartamento de alguém na avenida East End, perto de onde meus pais moravam.

Isso porque eu raras vezes voltei lá. Tenho negócios, porém, com seu escritório de Londres.

Você continua a ver a antiga turma de Nova York? Você e Peter Berry eram grandes amigos.

Éramos, no tempo da *Advocate*, na agência e depois também, quando ele e Jill ainda estavam juntos. Até ela ir embora e ele alugar minha casa para passar o agosto seguinte. Eu tinha acabado de reformá-la de cima a baixo e precisava recuperar parte das despesas. Você não ia acreditar, eles depredaram a casa. Como se uma equipe de demolição tivesse enlouquecido. Os vizinhos ficaram estarrecidos. Uma cena maluca. Depois de uma semana, nem o garoto que cuidava do jardim conseguiu trabalhar lá e se demitiu. Quando voltamos, tudo o que o Leo tinha plantado morrera esturricado. Peter nunca se preocupou em regar. Eu, idiota, como era para ele, nem sequer tinha pedido um depósito. De qualquer modo, não teria sido suficiente. Ele se recusou a pagar pelos danos. Não falo com esse imbecil desde então.

Não me diga!

Leo me disse que tinha sido bem feito, que eu só devia alugar para gays. Felizmente, há muitos deles que gostam de Xania!

Que história horrível. Minhas relações com Peter também não são das melhores. Sabe que nunca estive em Creta? Clara levou Sam a Cnossos, durante uma daquelas férias na época em que eu achava que certas coisas da agência só podiam ser feitas por mim. Sempre tive vontade de ir lá. Dédalo e Ícaro! O palácio do rei Minos! O Minotauro! Todas as minhas histórias favoritas. Também gostaria de conhecer sua casa.

Ainda está em tempo. Para você eu poderia até quebrar a minha regra de alugar só para gays — isso se o Leo um dia tirar o pastor de cabras da minha cama.

Barney, vamos tomar mais uma rodada desses drinques fabulosos.

Glup glup. Mistler ouve a voz melíflua de outro homem, que se confessa a Barney: Está tarde demais para Xania, meu amigo, tarde demais para tudo, porque, muito em breve, estarei morto. Há pouco eu lhe disse uma pequena mentira. Não houve nenhuma reunião de negócios em Milão. Vim para cá para estar só. Ninguém mais sabe, nem Clara, nem Sam. Apenas o advogado com quem Clara está jantando e os médicos. Por isso você vai me prometer guardar segredo até a semana que vem. É quando pretendo parar de mentir para ela e para Sam. Sabe, na verdade você é a primeira pessoa que não é do ramo da morte a ter conhecimento disso. Eu me sinto melhor por ter lhe contado — mesmo que seja um pouco injusto —, quero dizer, injusto em relação a você.

Seu pobre canalha! Câncer?

Do tipo silencioso. Só ali, crescendo. Devorando meu fígado. Os médicos acham que poderia estar ligado a um vírus, que peguei quando estava com a frota ao largo de Taiwan. Chineses que têm certo tipo de hepatite também tendem a ter o mesmo câncer. Até agora ninguém sugeriu que pudesse ser a birita!

Mas você não deveria, de qualquer maneira, parar?

Por quê? Por mais alguns dias agradáveis? Não é motivo suficiente para mudar um hábito da vida toda. Provavelmente, ainda tenho tempo suficiente para fazer algumas coisas que preciso. Pensando bem, talvez faça sentido que você e eu estejamos aqui falando sobre o fim da minha vida. Você é um dos autores da fase adulta dessa vida. Acho que não teria entrado na publicidade se você não tivesse me falado de seu trabalho. Pense nisso! Sem você, eu talvez tivesse me tornado caçador de grandes animais ou vendedor de seguros.

Ou escritor. É o que todo mundo esperava. Inclusive eu. Lembre-se, a idéia era escrever anúncios para que você não precisasse tirar dinheiro do cofrinho da família. Não era para você se tornar um puta magnata!

Era uma merda o que escrevi. Meu romance era muito ruim. Você também achou. Se não achou, nunca se preocupou em me contar. Além disso, fiquei com a sensação de ter raspado o tacho. Não havia nada mais a dizer. Com você é diferente.

Eu continuei a escrever.

Não só continuou — foi adiante. Gostei muito do seu último livro. Até lhe escrevi para dizer isso, e estava falando sério. Agora você usa o verso para dizer exatamente o que quer, sem véus, sem ecos de obras alheias.

Thomas, ninguém sabe o que há no tacho até voltar em busca de mais e raspar com afinco. Acho que você parou por ter ficado absorvido em algo diferente que não quis interromper. Na agência antiga, quando lhe arranjei aquele trabalho, você logo mostrou quanto era bom. Você tinha sorte e não parava de acumular vitórias. E estava tudo bem, desde que continuasse como estava. Mais tarde, algo mudou. Quando vocês três abriram a própria agência, foi como se você tivesse se perdido no trabalho. Um escritor tem que preservar algum espaço para si, para que possa ver e fazer as coisas do seu modo. Lançar um ataque ao desconhecido!

Que merda.

Você me desculpe. Com você, quando entrou no ramo, era tudo ou nada. De onde estou, quando penso no que você poderia ter sido, me parece um retrocesso. Claro, você não tem nada do que se arrepender. Você é o grande herói da publicidade. O *playboy* do mundo pós-moderno. Eu sou um poeta menor respeitável e um redator mercenário que depende de sujeitos como você para viver à margem. Aliás, espero que você providencie para que meu trato com a Mistler, Berry continue depois de sua partida. Então, quem se saiu melhor, supondo que se tenha alguma possibilidade de escolha nessa área?

Quem sabe? No meu caso, eu quase diria que não tive saída, não naquela época. Comecei a querer abrir meu negócio logo depois de meu pai ter se desgraçado. É absurdo pensar assim quando olho para trás agora, mas minha sensação — na realidade, um pensamento quase irresistível — era a de que precisava reparar o que acontecera. A pergunta interessante é: em nome de quem? Se tivesse contado a meu pai o que estava querendo fazer, ele teria dito que eu estava maluco. Completamente maluco! Mas eu achava — estava certo disso — que precisava dar uma demonstração de grande competência. Não acreditava que poderia fazê-lo com outro romance, tenho certeza de que isso nunca me ocorreu. Havia uma solução mais simples. Se o velho senhor Mistler deixara de cantar de galo em Wall Street, o filho poderia ser rei na publicidade. Era simples assim, e assim tão estúpido.

Nunca soube direito o que aconteceu ao seu pai.

Além do pessoal de Wall Street, pouca gente ficou sabendo. Você sabe que meu avô era o presidente do banco de investimentos. Nosso nome ainda se encontra lá. Ele era um sujeito e tanto, uma espécie de lenda, um homem que de fato enriqueceu durante a quebra de 1929. Não era exatamente fácil seguir os passos dele na empresa. Entretanto, foi este o caminho escolhido por meu pai, assim que terminou a faculdade. Quando veio a guerra, ele tinha idade suficiente para ficar de fora sem desonra, mas a idéia nem lhe passou pela cabeça. Ele mexeu todos os pauzinhos certos, meu avô também fez o que pôde, pois o coronel Stimson tinha sido advogado dele, as providências deram resultado, e, no devido tempo, meu pai foi recrutado para realizar serviços especiais na França. Ele falava um francês perfeito e revelou-se corajoso. Falo dele assim porque o amei de todo o coração. Enquanto isso, vovô cuidava da lojinha. Mesmo depois da guerra, meu pai continuou envolvido com espionagem. Segundo as pessoas que sabem dessas histórias, de vez em quando ele fazia coisas excelentes. Aqui entre nós, ele também descobriu que as viagens misteriosas que fazia à Europa, e que não podiam ser questionadas por mamãe, eram convenientes para satisfazer certos motivos pessoais. Ao mesmo tempo, evidentemente, ele reassumiu seu lugar no banco. Como meu avô já estava então muito velho, isso significava dirigir o negócio. Era de fato outro mundo. Meu pai sofreu uma crise de depressão bem no final da guerra — talvez mais um esgotamento nervoso —, e essas crises voltaram a ocorrer, então um pouco mais amenas, mas ninguém parecia achar que o problema o inabilitasse para trabalhar *pro patria* ou no banco. O máximo de discrição possível era a regra. Ele era, como se pôde ver, um ótimo banqueiro. Nada parecido com meu avô, mas o banco cresceu e tornou-se muito lucrativo, e meu pai passou a ser respeitado em Wall Street e Nova York. Tudo isso era inteiramente autêntico, por ele ser o melhor homem que existia e por ter idéias muito claras. Na realidade, suas idéias eram tão claras que anteviu o turbilhão financeiro que teve início no fim dos anos Eisenhower. Em conseqüência, decidiu alterar o rumo — ou seja, tomou algumas decisões inusitadas em relação ao capital do banco sem consultar os sócios, o que não era incomum, pois meu avô e ele não costumavam pedir permissão a ninguém quando sabiam que tinham razão. Infelizmente, isso ocorreu quase imediatamente após o início de uma de suas crises de depressão e, no momento de mudar novamente de rumo, as coisas não estavam muito claras em sua cabeça. Ele não fez nada, os sócios ficaram tão perplexos que não fizeram nada, e então se perdeu uma enorme quantidade de dinheiro. O capital do banco, as contas dos clientes, a merda toda. Em seguida, meu pai se recuperou e repôs o dinheiro de todo mundo. Mas precisou vender suas coleções e todas as propriedades, exceto, claro, o apartamento e Crow Hill, que estavam no nome dele e de minha mãe, raspar até o último centavo do que não estava preso no fundo de bens e pegar dinheiro adiantado do que lhe caberia quando minha avó morresse. Aliás, foi justamente o que ela fez logo depois, de vergonha, como minha mãe gostava de explicar. Tinha sido apenas um caso de má administração vivido por um homem que deveria ter sabido que não poderia andar numa corda bamba tão alta. Mas isso levou o banco à beira da falência. Só isso. Ele passou a ocupar uma posição de sócio menor, pois, na realidade, os outros não sabiam o que fazer com ele a não ser transformar cada um dos dias que lhe restavam num verdadeiro inferno. Então meu pai começou a ter pequenos derrames cerebrais. Apesar de tudo, eu poderia ter feito simplesmente o que você disse — poderia ter mantido minha privacidade e me esforçado para produzir um ou dois romances. Em vez disso, sucumbi a um acesso de puritanismo genético. Portanto, essa é uma história que nunca escreverei.

Rapaz, alguém vai escrever!

Por que não você? Sua prosa costumava ser boa. Todas aquelas histórias sensíveis sobre garotos judeus com problemas de identidade. Depois você descobriu a ode horaciana! Graças a Deus, essa fase também passou.

Mistler, você sempre foi um filho da puta!

Que interessante. Foi o que Peter me disse na última vez em que o vi. Um mais um dá certo? Não? Epa, nada de pessoal, é apenas mera coincidência, mas preciso vomitar. Tenho de achar um banheiro *prestissimo*. Não vá embora. Devo me sentir melhor depois.

Banheiro turco. Uma sorte, porque não era só o vômito, mas uma diarréia de cor assustadora. Mistler lembra-se do dia, muito, muito tempo antes, em que ele, chorando, correu para a babá, e ela lhe disse: Não se preocupe, foi a beterraba que você comeu no jantar. Ele sacrifica à higiene o lenço de linho que traz no bolso da calça e, por não ser suficiente, o quadrado de seda Charvet que traz no bolsinho do blazer.

Barney ainda está ali, as mãos em volta do copo, olhando fixamente para dentro dele. Parece desleixado e velho. Talvez Mistler devesse ceder à tentação de lhe oferecer o dinheiro para ele poder pôr uma ponte no lugar em que um dia estiveram os incisivos inferiores. Quantos exemplares do seu *Ribald Muse* foram vendidos? Quatro mil? Parece que se pode mastigar de um lado só e a saúde continuar perfeita. De que servem os músculos cuidadosamente trabalhados e o corpo ágil de Mistler, seu rosto sereno, sua cabeça com o cabelo abundante, perfeitamente aparado pelo melhor dos barbeiros? Estão prestes a se transformar em adubo. Não há como negar que é injusto. Entretanto, o rosto bem-educado permanece sereno. Ele se senta. O garçom está ali por perto, de mau humor.

Barney, peça a seu amigo que nos traga mais uísque.

Ele pede. Na opinião de Mistler, seu italiano é melhor que o de Barney. Por exemplo, ele tem prazer em usar o subjuntivo. Por que esse poeta não aprendeu a usá-lo?

Pondo as mãos sobre as de Mistler, Barney diz: Rapaz, é duro lhe fazer essa pergunta, mas vamos lá. Você está apavorado? Quero dizer, de se dissolver, se desintegrar, dessa merda toda?

Ainda não, desde que eu saiba que seja só isso. Tenho dois desejos. Um: eu gostaria de partir sem sofrimento antes que meu corpo fique fraco demais ou minha cabeça confusa demais para impedir que esses sujeitos bem-intencionados com seus juramentos hipocráticos e iniciais estranhas após o nome me apresentem as maravilhas da medicina moderna. Dois: gostaria de evitar prestar contas dos meus pecados. Você se lembra daquele poema de Baudelaire em que ele fala do desenho anatômico do esqueleto, a pá na mão ossuda, revolvendo torrões de terra para toda a eternidade? Não gostaria que nada disso acontecesse.

Amém! Você disse muito bem. Imagine só a merda em que eu estaria metido!

O primeiro desejo é outra história. Você poderia imaginar que, como membro da classe dominante, eu teria Primus e Secundus como escravos fiéis na minha *villa* de Rhode Island para preparar o banho quente e abrir a veia na dobra do meu cotovelo. Pois bem, não tenho. Não sei de nenhuma empresa que forneça esse tipo de mão-de-obra temporária. Terá de ser um sistema de auto-serviço. Exatamente o que sempre me desagradou mais. Nesses últimos dias, tenho prestado uma atenção especial aos gigantescos sacos de plástico preto nos depósitos de lixo de Veneza. Você acha que os grandes são melhores que os que usamos em casa?

É difícil fazer uma coisa dessas, rapaz. Sabe o Eddie Laker? Ele ficou cego de um olho, mal enxergava do outro, não chegava a pesar quarenta e cinco quilos, tinha as pílulas, mas não conseguia se resolver a tomá-las. Eu disse ao Carl: Por que você não põe um travesseiro em cima da cara dele e simplesmente o deixa lá? Ele disse que a decisão teria que ser do Eddie. Talvez tivesse razão. É possível que cada momento em estado de consciência seja melhor que o grande *Niente*.

Agora, agora, acho que não. Se você se lembrar, torne a me perguntar daqui a três, quatro meses.

Você já pensou o que vai ser essa história de saco de lixo para Clara? Para o seu filho? Pelo amor de Deus, Thomas!

O que você quer que eu diga? Francamente, ainda não tive muito tempo para pensar em Clara. Tenho motivos para isso, além da minha condição de filho-da-puta. Meu filho Sam, que você não conhece, é um bom rapaz. Não temos nos visto muito nos últimos anos, porque ele está morando na Costa Oeste. Neste momento está vivendo com uma mulher simpática, que já tem uma filha. Eles estão planejando se casar. Imagino que, se ela já tem uma filha, não há motivo para não querer ter outra criança. Eu gostaria de passar por isso. Ver um recém-nascido, um bebê novinho, delicioso. Essa convivência não precisava durar muito — só o suficiente para guardá-lo na memória. Depois há algumas coisas — objetos físicos — que tenho pena de deixar para trás. Um carro que ganhei de meu pai quando estava na faculdade. Nunca dei uma batida com ele. Está em boas condições, eu o uso quando estou no campo, e tenho a impressão de que Clara irá vendê-lo para o dono do posto de gasolina, que, por sua vez, irá revendê-lo para algum babaca. Uma grande faia no limite do gramado da frente de Crow Hill. Seria possível dizer que, um dia, a árvore e eu estaremos reunidos. Na minha família, nos casamos sobre aquele gramado e nos enterramos debaixo dele, por isso quando eu me decompuser e me dissolver estarei alimentando aquelas raízes.

E é só?

Não exatamente. Tenho uma espécie de prima distante em Nova York, que deve ter no mínimo uns vinte e dois anos. Uma garota que é uma dádiva: bonita e bem-arrumada, da cabeça às adoráveis unhas dos pés, que ela pinta de esmalte claro. Eu as vi no verão passado e ficaram na minha cabeça. Almoçamos juntos, e ela estava de sandálias de salto alto sem meias. Gosto de olhar para ela. Não, Barney, não há nada além disso porque não pode haver.

Thomas! Você já olhou o relógio? Não tenho a menor idéia de como posso tomar um *vaporetto* para voltar para Giudecca a esta hora da noite.

Vá. Eu acerto a conta. Se você se cansar de esperar pelo *vaporetto*, pode dormir na minha sala, lá no hotel. Vou avisar o porteiro-chefe para que ele o deixe entrar.

Vamos então almoçar na casa de Bunny amanhã? Você vai gostar dela. É a sexta casa à direita de Sant'Eufemia. Janelas góticas altas. Duas horas?

Se eu me lembrar de alguma coisa desta noite, estarei lá.

# 9.

O reitor usa uma beca branca, com uma capa preta curta sobre os ombros, traje diferente de tudo o que se vira na capela em que se celebravam os serviços matinais. Além disso, nem sequer é de manhã; estamos no período de estudo da tarde ou, então, numa assembléia antes do último jogo de futebol da temporada. O time ocupa os bancos da frente e usa capacete. Mistler está no banco dos reservas, porque o joelho ainda o incomoda. Ele está sentado bem atrás do zagueiro, Peabody, que não se lavou e fede como um monte de excremento. Mistler percebe que os outros também estão incomodados com isso. Kendall cutuca o vizinho da direita — Mistler não pode ver quem é e não reconhece o número que o rapaz traz nas costas — para que este se mexa e ele possa afastar-se de Peabody, mas este não gosta do que vê e vai arrastando a bunda até se aproximar mais de Kendall. Os alunos têm permissão para sair da capela caso estejam se sentindo realmente mal, e Mistler acha que talvez devesse sair, pois está quase desmaiando por causa do fedor, mas é tarde demais; o reitor já começou o sermão.

A natureza de vocês é animalesca, prega ele, opaca à luz divina. Portanto, para receber Deus, vocês precisam ser trespassados pela graça, assim como as mãos e os pés de Jesus foram trespassados por pregos e seu peito, trespassado pela espada do centurião.

Era isso mesmo? Mistler tenta desesperadamente se lembrar, sua cabeça remoendo o episódio, mas lhe faltam palavras. Foi o centurião ou um dos soldados romanos? Sua cabeça está confusa por causa do mau cheiro, mas não importa. Ele sente o gosto de algo semelhante ao vinagre que foi oferecido numa esponja.

Flagelantes, monges na frieza do gelo, prostrados na pedra, correntes, noites invernais, mau cheiro, carne mortificada e ferida, o homem consumido pelo sofrimento para que a alma desperte para a graça do Senhor. O tormento do Senhor se repete a cada vez que o homem peca por esquecimento, degradação imunda e fedorenta da carne. Thomas Mistler, estou de olho em você, dobrarei o seu orgulho, até o reino chegar e a vontade Dele ser feita, um mundo sem fim. O mal que há em você nasceu de um mal maior, você não passa de rios e riachos alimentados pelo mar. Você induzirá e deduzirá essas verdades da Palavra.

A Palavra de Deus prossegue, embora o reitor tenha subido ao altar para liderar o grito da torcida do time da escola, enquanto o leão da Escola São Marcos ruge como uma cascata porque o time o provocou. Peabody é o primeiro a se aproximar do animal, e isso não está certo. Ele enfrenta o leão, atingindo-o exatamente onde Mistler sente muita dor. O reitor repreende Peabody. Trata-se de um equívoco; ele quer se dirigir a Mistler, numa língua que deve ser italiano. Se fosse latim, Mistler entenderia. Todo ano ele é o primeiro em latim. Reconhece as palavras, *Non ti piange ancora*, mas não o significado. Além disso, o altar mudou: agora ele é um grande quadrado, como o *campo* onde ficam Santi Giovanni e Paolo, que não tem nada a ver com a mesa da escola. Pela dor, ele percebe longinquamente que estava sonhando, mas o sonho não acabou, o sonho começa de novo, *da capo*, com variações que ele sabe estar inventando, embora queira, mais do que tudo, que o sonho termine. Procura então o copo d'água e o esvazia, beberia ainda mais água, mas não sai da cama. Ah, ele se sente muito mal. Não é preciso, na verdade, se levantar. Há uma garrafa de água mineral bem ali na mesa-de-cabeceira, atrás do telefone. Toma dois comprimidos de Valium, não para dormir, só para combater a solidão e o medo. O que Kendall estava fazendo na capela? Ele tinha sido expulso no ano anterior, depois de Mistler ter machucado o joelho no terceiro tempo do jogo com o Andover. Mas esse foi o fim de semana em que jogaram em casa, o fim de semana em que o pai foi visitá-lo e levou consigo *tante* Elisabeth.

Ele sabia que o pai iria no Citroën, um carro glamouroso, comprido e preto, com tração dianteira e capaz de levantar a parte traseira quando dava a partida, o que o tornava parecido com um camelo. No verão anterior, o pai, a mãe e ele tinham viajado nesse carro de Paris até Antibes, uma viagem que deveria durar uma semana, mas, depois de dois dias, o pai voltou a Paris para trabalhar. O Citroën foi despachado de navio para Nova York; sua mãe não gostava do carro. Em geral, o pai almoçava com o reitor antes do jogo, haviam sido colegas de escola, mas parecia que ele tinha chegado no último minuto, com tempo apenas para apertar a mão de Mistler.

Vamos jantar em Boston, anunciou o pai. Já falei com o reitor. Você pode passar a noite fora. Estarei esperando no carro depois do jogo.

Era fácil reconhecer o Citroën. No assento do passageiro estava uma mulher que ele não reconheceu. O pai e ela estavam sorrindo e acenando. Quando Mistler acenou de volta, o pai desceu o vidro e lhe disse que pusesse a valise no porta-malas do carro e se sentasse no banco de trás.

Você fez dois ótimos arremessos, disse ele. Estou muito orgulhoso. Esta é madame Portes, minha amiga mais chegada. Quero muito que ela conheça você. Por favor, chame-a de *tante* Elisabeth.

Oi, Thomas. Estou muito contente em conhecê-lo.

Vivien Leigh, sua atriz favorita: é com quem madame Portes parecia, uma inglesa, nunca uma francesa. O cabelo era encaracolado, como o de Vivien Leigh; era quase vermelho e ela o usava mais comprido, foi o que achou, do que as outras mulheres. Quando ela se virou para contemplá-lo de frente, Thomas viu que era tão bonita que podia mesmo ser uma estrela de cinema, e jovem, provavelmente não muito mais velha do que a sra. King, mulher do novo professor de química. Ele não sabia a idade da sra. King, mas quando ela estava num grupo de mulheres de professores, parecia ser filha delas. Madame Portes usava um chapéu verde e pontudo com uma pena vermelha. Ela o fazia lembrar uma dama numa tapeçaria, partindo para a caçada com uma ave de rapina no punho.

Ela se dirigiu a ele de novo: Tommy me contou muitas coisas sobre você. É por isso que não me espanta você ser um jogador tão bom nem ver que é quase da altura dele.

A resposta resmungada por Thomas provavelmente sugeria que era melhor deixá-lo em paz. Depois, o pai e madame Portes falaram sem parar em francês, língua que ele compreendia mas não gostava de falar, por um bom motivo: o pai sempre o corrigia, embora ele falasse melhor do que a mãe, cujos erros o pai parecia não notar. Conversavam sobre amigos deles de Paris e planos para a viagem do pai, que deveria ocorrer antes do Natal. Mistler perdeu o interesse e passou a se concentrar no modo como o pai dirigia. Era um jeito de dirigir particularmente esquisito. A maior parte do tempo guiava bem devagar. Os rompantes de velocidade surgiam de forma inesperada, muitas vezes justamente nos momentos em que o tráfego estava mais pesado. Quando chegaram à auto-estrada de três pistas, ele passou a dominar a pista do meio como se estivesse ao volante de uma ambulância. Talvez fosse o efeito que esse carro extraordinário produzia nele ou alguma espécie de piada, uma maneira de mostrar a todos que podia agir como lhe aprouvesse. A calma de madame Portes também era algo extraordinário. Talvez ela falasse tanto que nem podia prestar atenção ao que ocorria. Em condições menos ameaçadoras, a mãe de Mistler teria mandado o pai parar o carro para ela seguir a pé pelo acostamento.

Quando chegaram ao hotel, o pai de Mistler disse: Vamos deixar *tante* Elisabeth descansar um pouco em seu quarto. Ela deve estar precisando, depois do modo como dirigi. São meus nervos em frangalhos. Guarde suas coisas e depois venha se encontrar comigo. Temos champanhe a nossa espera. Mais tarde *tante* Elisabeth se juntará a nós para uma taça e então desceremos para jantar. Aposto que você está morrendo de fome.

A porta da suíte estava aberta. O pai gritou, dizendo-lhe que ficasse à vontade e que ele não demoraria a sair do quarto. Mistler foi para a sala de estar e se aproximou da janela. Lá embaixo, as luzes do Jardim Público piscavam como se fossem velas. Quando o pai surgiu, Mistler viu que ele tinha mudado de roupa e vestia um daqueles ternos de paletó trespassado que ele mandava fazer no Sulka, em Paris. Eles o apertavam. Mesmo assim, ele os usava sempre com um colete. Talvez por isso, quando o paletó estava desabotoado, seu pai parecia até mais volumoso do que era na realidade. Se o rosto não fosse tão afável e tímido, talvez transmitisse uma imagem ameaçadora. O pai manuseou nervosamente a garrafa tirada do balde que estava numa bandeja ao lado das três taças, fez a rolha espocar e serviu uma taça para Thomas e outra para si.

Não conte ao doutor Endicott. Talvez ele leve na brincadeira, talvez não.

Está certo, meu pai.

Veja, quando ele e eu tínhamos a sua idade, seu avô aparecia para jogar, e nem ele era avesso a nos dar um pouco de vinho nem nós éramos avessos a beber. Rá! Rá! Mas o reitor foi ficando um tanto puritano com o correr dos anos. É uma pena. Nossa esperança é de que isso não nos aconteça. Sirva-se, tome outra taça, se o garçom for rígido eu talvez não possa permitir que você beba no restaurante.

Mistler esperou. Essa era apenas uma das histórias preliminares do pai que serviam para retardar a chegada ao ponto principal. Ele próprio fazia piadas sobre esse seu hábito.

Claro que não o chamei para vir aqui para conversarmos sobre o reitor. Tenho algo importante a lhe dizer. Você tem quase dezessete anos, Thomas, e está muito amadurecido. No último verão, quando conversamos sobre Karenin, eu me espantei quando você disse que gostava dele. Veja bem, é fácil gostar de Vronsky, ele é um sujeito muito exuberante e faz tudo o que se espera de um sujeito desse tipo: ele seduz Anna, ele a ama, se entedia, fica envergonhado, vai à guerra para morrer. Já gostar de Karenin é muito mais difícil. Um homem que, além de pomposo, tem aquelas orelhas grandes. Os motivos sociais e profissionais contam mais para ele do que deveriam. Aliás, é nesse ponto que ele e eu nos parecemos. Toda a paixão dele é fria e pegajosa: um sujeito desprovido de atrativos até mesmo quando tenta ficar com Anna. Não ganha nada em ser bom. Mas você disse que podia apreciá-lo, porque ele estava se esforçando de verdade. E isso é uma reação muito madura, simpatizar com um homem sem atrativos cuja situação é intolerável. Um homem que não sabe ser diferente, que é decente mas não sai da mesmice. Tivemos outra conversa, na praia em Antibes. Você se lembra? Falamos sobre *Suave é a noite*. Você disse que entendia por que Dick Diver não deixava Nicole. Eu não sou um personagem de romance, mas, se isso ajudar, talvez você possa por um instante fazer de conta que sim. Acho que você já percebeu aonde quero chegar: eu amo Elisabeth — amei-a desde que nos conhecemos na França, durante a guerra, quando ela tinha quase um ano menos do que você tem agora, e não pretendo deixá-la. Sei que não posso.

Então o senhor vai deixar minha mãe!

É aí justamente que quero chegar: eu não vou deixá-la.

Por que não, se o senhor ama *tante* Elisabeth? O senhor e a mamãe não se dão de jeito nenhum. Quando estão juntos, é horrível ficar perto.

Nem sempre isso é verdade.

A maior parte do tempo é. Eu me sinto muito mal. Não me importaria se saísse de casa. Eu poderia então passar um tempo com o senhor e outro tanto com mamãe, separadamente, em vez de ver os dois fingindo que não há nenhum problema.

Já falei com sua mãe sobre o assunto. Não sobre Elisabeth, embora ache que ela sabe que existe alguém, mas falei sobre o mal que fazemos um ao outro e talvez a você. Ela respondeu que jamais me deixará partir. Não posso contrariar a vontade dela. Ela não merece. E pense no que isso significaria para seus avós!

Eles ficariam loucos. E não seria a primeira vez.

Thomas, não tenho como me separar legalmente. Não posso me divorciar em Nova York. Não tenho como justificar esse pedido. Sua mãe não me deu nenhum motivo legal. Você não pode se divorciar de uma mulher só porque ela não o ama ou você não a ama. E não posso ir a Reno ou a algum lugar parecido e fingir que moro lá para então obter o divórcio pelas leis de Nevada. Isso seria muito ruim para os negócios. Seja como for, o divórcio não seria considerado válido, sem a anuência de sua mãe. Eu seria bígamo quando me casasse com Elisabeth.

E o senhor a ama de verdade?

Só a ela — e a você. Quando estou com ela, sou um homem feliz.

Então por que o senhor simplesmente não vive com ela? Na casa da rua 90 de que o senhor gosta tanto, e que tem garagem. Eu podia ficar com o apartamento do andar de cima e usá-lo nas minhas temporadas com o senhor.

Também já pensei nisso, embora não tivesse imaginado como seria bom ter uma garagem! Mas não é possível, Thomas. Seria um escândalo. Eu teria de deixar a presidência do Banco. É meu dever dirigi-lo. Elisabeth concorda com isso. Além do mais, ela não tem certeza de que quer morar em Nova York.

Então saia do Banco e vá morar em Paris. O senhor gosta tanto de lá.

Thomas, Elisabeth e eu já conversamos sobre essas coisas inúmeras vezes. Pode ter certeza! Fico um pouco chocado ao ver como é fácil para você achar que devo deixar sua mãe e abrir mão do Banco, mas o choque é menor do que a gratidão que sinto. Sua atitude tornará mais fácil minha decisão. Pois bem, Elisabeth e eu decidimos que vamos viver juntos, mas de maneira discreta. Em Paris e quando ela vier para cá de visita. Ela arrumou um apartamento em Nova York. Não tenho que esconder de sua mãe tudo isso. Basta que não a deixemos constrangida.

Eu nunca conseguiria viver assim.

Espero que nunca tenha de passar por isso. Esteja muito seguro, de si e da mulher com quem se casar. Olhe, há duas coisas sobre as quais precisamos conversar. Uma, Elisabeth e eu, obviamente. Eu não tinha lhe contado sobre ela até hoje porque você me parecia ainda muito criança e porque queria que a visse antes de me ouvir e assim pudesse saber quanto ela é maravilhosa, ao mesmo tempo que soubesse a verdade. Pois isso já foi feito. A outra coisa também é muito importante. Quero que você e ela se tornem amigos de verdade. Mais do que amigos. Sabe, Thomas, estou reunindo as duas melhores coisas da minha vida. Ela será boa para você sempre que precisar dela. Pode confiar nela — sempre — quando eu não estiver mais aqui. Não precisa ficar triste. Não pretendo dar o fora logo. Nunca diga que lhe contei, mas é importante você saber que ela me salvou das mãos dos alemães, pouco antes da invasão. Na época, isso significava até mais do que salvar minha vida. Quando ela descer, procure ver uma tirinha vermelha na lapela, caso ela esteja de casaco. Ela não a colocaria num vestido. É a comenda da Legião de Honra. Provavelmente, ela é a única mulher viva a tê-la recebido como honraria militar por algo que fez quando ainda era uma menina de colégio.

E o que foi?

Algo bastante perigoso que exigiu muita inteligência e muita coragem. Ela não gosta de mencionar o fato, mas um dia ela talvez lhe conte. Por favor, aceite as coisas como elas se apresentarem. Se você vier a amá-la isso compensará muito daquilo que ela perdeu. Sei que estou fazendo o que devo fazer, mas, se você olhar de outro ângulo, também estou sendo fraco e egoísta. Como Vronsky, mas sem o charme dele. E ela está abrindo mão da própria vida.

Como o senhor pode deixá-la fazer isso, papai?

Já lhe disse, eu amo Elisabeth. Ela me ama.

Esse fora um bom conselho dado pelo pai. Ele poderia ter acrescentado algo sobre não ter filhos a menos que a pessoa conhecesse o próprio caráter e tivesse chegado a uma conclusão satisfatória a esse respeito. Dava vontade de saber o que ele teria achado de Clara, ou do fato de Mistler ter permanecido casado com ela, ou ainda de Clara ter ficado com ele. *Tante* Elisabeth não se deixara enganar um momento sequer, desde a primeira refeição que partilhou com ele e Clara em Nova York, pouco antes do noivado dos dois. Foi uma pena ele estar naquele momento tão ocupado se tornando um super-homem para poder compreender o que ela tentou lhe dizer, de maneira tão delicada, tão bela. *Tante* Elisabeth estava muito triste: ela mal tivera tempo de aprender de novo a caminhar com os próprios pés após a morte do pai dele. Mais tarde, ele se vira sem nada, nem mesmo as explicações disparatadas do pai sobre o Banco e a lei do divórcio em Nova York, para justificar a vida que levava. Por outro lado, também não tinha nenhuma Elisabeth Portes para amar e por quem ser amado. Desde a ida de Sam para a escola, não houve nada para Mistler senão *passades*, mais ou menos vulgares, para compensar a confiável cópula conjugal, o excepcional desempenho de Clara como esposa do presidente e o princípio de evitar tudo o que interferisse em seu trabalho ou na paixão pelo devastador exercício do poder, a paixão por fazer as coisas a seu modo. Pobre homem: meu pai nem transava com minha mãe. Se é possível confiar nas aparências, a concepção de Mistler tinha sido imaculada. De uma coisa ele tinha certeza. Se Clara tivesse agido como sua mãe, ele não teria apenas se divorciado. Ele a teria partido em duas. Era curioso que Sam nunca tivesse falado a favor dela, dos pais ou de si. Nem sequer a favor do princípio da sanidade. Claro que isso era culpa de Mistler, não de Sam. Mesmo com essa história de herói de guerra, de Croix de Guerre, de Medalha de Honra ao Mérito e das crises de depressão, o pai tinha sido relativamente fácil de abordar, e sempre fora gentil. Imagine só tentar falar com Mistler sobre um assunto de que ele não queria nem ouvir falar!

Será que haveria algum ganho se apresentasse seus argumentos a Sam antes do fim da peça? Fazendo mesuras exageradas, o Mágico pede desculpas por lhe faltar esse ou aquele recurso. Talvez essa confissão libertasse Mistler, mas valeria a pena fazer Sam sofrer mais uma vez? Seria inevitável? Algo lhe parecia claro: ele não poderia deixar Sam corrigir os trabalhos dos alunos, se preocupar com quaisquer que fossem seus encargos universitários e depois partir para o lago Vitória antes de voltar à Costa Leste. Mas, então, mesmo que Sam conseguisse encaixar uma visita ao pai antes da ida às Rochosas — algo pouco provável, tendo em vista a obstinação habitual de Sam, a menos que a verdade lhe fosse dita —, Mistler poderia lhe dar repentinamente a notícia tão logo ele surgisse porta adentro, ou durante um almoço no clube, quando Mistler lhe entregasse o anel de Elisabeth! E vamos imaginar que Sam, como previsto, quisesse trazer Monique e a menina? Claro, seria tentador dizer que ele não deveria, que não era uma boa hora. Mas como ele se sentiria ao receber a notícia? Talvez o filho precisasse de alguém por perto em quem pudesse apoiar-se, alguém que não estivesse morrendo e não fosse sua mãe. Alguém com quem se refugiar na cama. E talvez, afinal, fosse mais fácil hospedar Monique e Linda em Nova York ou em Crow Hill — ao diabo com Veneza, a Úmbria ou seja lá onde for que se possam caçar patos selvagens na Escócia. Recebê-las em território familiar. Deixar que o boletim médico se torne música de fundo. Se elas estiverem em Crow Hill, a menina poderia brincar na praia ou Mistler poderia levá-la para velejar. Finja que ela é filha de Sam, mesmo que seja uma peste. Não há nenhuma garantia de que os próprios netos sejam melhores. Clara agüentaria? Ela talvez não tivesse uma oportunidade melhor do que essa para conviver civilizadamente com Monique. O mais provável, porém, é que metesse os pés pelas mãos: Por que uma única visita familiar, por mais dramáticas que fossem as circunstâncias, deveria equivaler a duas décadas no divã com o dr. Freud? Mas também poderia ser a saída para ela.

Deveria telefonar ou escrever? A perspectiva de dar um telefonema, de Nova York ou Veneza, era monstruosa. Alô, alô, aqui é seu pai. Tudo bem? Ótimo. Aliás, a respeito da minha volta, quero dizer que estou morrendo. Não, não exatamente neste minuto, você não precisa vir correndo para fechar meus olhos, mas em menos de seis meses. Achei que você talvez pudesse dar uma passada por aqui enquanto ainda estou de pé! Certo! Se for conveniente...

Também não havia muito a dizer em favor de uma comunicação escrita. O telefone havia se tornado o meio de contato entre eles, e assim estava bom. Com o correr dos anos, tudo o que escrevia passara a se ajustar às "regras de Mistler" que ele próprio impusera a todas as filiais da agência, da Tailândia à Noruega: Escreva para convencer. Não deixe o leitor escapar. Se não consegue dizer o que precisa numa frase, é porque não refletiu o suficiente sobre o assunto. Nunca faça uma pergunta a menos que esta seja específica e possa ser respondida com sim ou não. (Exemplo: vocês entregarão meu sofá na segunda de manhã?) Poupe tempo — quando receber uma carta, responda na margem, faça uma cópia para o arquivo e devolva o original ao remetente. Quando Mistler acabava escrevendo a Sam era por se sentir impelido a fazer valer sua posição — necessidade que desaparecera agora que Sam estava ganhando a própria vida mais ou menos decentemente e já recebera de uma só vez um bocado do dinheiro que lhe estava destinado e que ficara em custódia. Então o estilo Mistler atingia o auge da sua pureza. Por exemplo:

Memorando para Sam, Assunto: hábitos relacionados a gastos. Como seu curador, transferi, mais uma vez, para o Banco Pato

Donald x mil dólares para cobrir o saque a descoberto de y dólares, cuja notificação recebi. Esperando evitar o dissabor de receber outra notificação do mesmo gênero no futuro próximo, peço que me forneça a estimativa de suas necessidades trimestrais. Providenciarei fundos para supri-las. Não faz muito sentido você dizer que não precisa do dinheiro da família se viver modestamente na Califórnia significa passar cheques sem fundos. Se o Banco Pato Donald não gosta disso, eu também não. Sinto informá-lo de que, como seu curador, não estou autorizado a pagar a hipoteca da casa de Monique. Entretanto, terei prazer em me apossar do capital original do fundo e distribuir a você uma quantia razoável que lhe permita comprar uma casa para si. Quem mora com você e na sua casa é em grande parte problema seu. E, visando impedir qualquer tipo de protesto, por favor, compreenda que não se trata aqui de meros detalhes técnicos, nem de uma comprovação de que não desejo o conforto ou a felicidade de Monique. Os bens deixados por meu avô me permitem de fato lhe conferir rendimentos. Os rendimentos não distribuídos, dos quais há bastante pois você não quer recebê-los, adicionam-se ao capital principal. Posso apenas me apossar do principal e transferi-lo a você no caso de emergências médicas ou para ajudá-lo a se estabelecer, por exemplo, mediante a compra de uma residência.

Ele assinaria, como se não existisse outra fórmula, "com amor, seu pai". Teria sido melhor passar o encargo do envio dessas missivas para o advogado da família? De maneira estranha e perversa, ele achava que essa medida resultaria numa distância ainda maior entre ele e o filho. Será que deveria encaminhar ao juiz uma petição solicitando que o substituíssem como curador? Quem o substituiria? O Banco State Street? O tio Abthorp, que sem dúvida recusaria o pedido?

Isso seria diferente. Ele se aproximaria do assunto que mais temia — o silêncio que o separava do filho — de gatinhas. Sam, ele poderia escrever, tenho a impressão de que tudo aquilo que gostaria de lhe dizer enquanto minha mente ainda está clara, e enquanto há tempo para você fazer perguntas, já foi pensado e repensado por você, que, aliás, também já conhece as respostas dolorosas. Mas como posso ter certeza? Seria horrível se estivesse enganado e nossa falta de jeito, nosso constrangimento, nos fizesse perder essa oportunidade. Sou grato por você não ter sido hostil comigo quando adolescente, por você não ter se tornado um rebelde quando isso parecia ocorrer com quase todos os seus colegas. Ah, tremo ao pensar como eu teria sido desajeitado e destrutivo caso tivesse que enfrentar uma rejeição clara, o que eu teria chamado, na sua cara, de molecagem. Mas meu coração se partiu (desculpe-me a pieguice, não é a última vez que cometerei esse pecado) quando vi a extensão do seu afastamento. Não só de sua mãe e de mim; o que seria de esperar e, não havendo egoísmo, talvez fosse motivo de regozijo! De tudo. Do esforço e do prazer, do sucesso e do fracasso, da aventura. Do sexo, também. Pelo menos, foi o que imaginei, e isso me fez sofrer. Ao me ver como marido indiferente, frio e desprovido de ternura, você deve achar engraçado o fato de eu não conceber a felicidade senão junto a uma mulher. Imaginei ver você se afastando cada vez mais numa estrada ao fim da qual se abria, como numa alegoria, uma caverna cercada de pedras pontiagudas e teixos sombrios. Dentro dela, a figura da Negação: esquelética, meio nua, coberta de teias de aranha. Por isso, quando você decidiu mudar-se para Palo Alto, a fim de trabalhar lá e viver uma vida tão diferente da minha e tão longe de mim, fiquei vergonhosamente alegre. Eu não precisava conviver com sua tristeza e com o que temia fosse o seu fracasso diante dos meus olhos. Ah, eu pensaria em você e me preocuparia, e me culparia, mas à distância.

*Le pire est toujours certain*. Seu avô gostava dessa expressão; ele a usava bastante. Ele devia tê-la aprendido com *tante* Elisabeth. Por esse motivo, também me agrada muito, mas nem sempre é verdade que tudo acaba mal. Por exemplo, sua vida nova e diferente. Sua felicidade. O fato de você ter se tornado o homem que tanto esperei que seria quando você era bebê e depois menino, antes que o ferissem. Que eu o ferisse. Qual foi o remédio? Perceber que poderia ser bom em seu trabalho ou ter encontrado Monique? Talvez uma coisa não seria possível sem a outra. Duvido que você pudesse deixar que ela o amasse se não estivesse curado.

Ah, Sam, lembra-se de quando ainda jogávamos tênis juntos, antes de você decidir que nunca mais toleraria o insulto que via na violência do meu saque? Foi o que me disse, bem na ocasião em que estávamos esperando para saber se você tinha conseguido seu primeiro emprego na universidade. Passamos juntos tantas horas, as conversas girando em círculos funestos, esperando a notícia, esperando. Por saber quanto a notícia era importante para você, a expectativa era o próprio pássaro bicando o fígado de Prometeu.

Nesse momento Mistler se interrompe. Pelo amor de Deus, encontre outra imagem.

A notícia chegou afinal na segunda-feira, horas depois de eu ter saído para a cidade. Sua mãe me ligou para contar. Evidentemente, com a diferença de fusos horários, embora tivessem lhe telefonado de manhã, o mais cedo possível era hora do almoço em Crow Hill. Você saiu imediatamente para pegar o avião em Hartford e seguir para o Alasca e fazer a viagem que planejara. E eu não tive nenhuma notícia sua, durante semanas, até o dia em que você ligou para pedir que eu transferisse o dinheiro para sua nova conta em Palo Alto. Exatamente assim: o fato de você ter conseguido o que queria, de ter tido êxito na área que mais lhe interessava, tornou-se um assunto que tinha ficado para trás, que nunca mais seria mencionado entre nós.

Então decidi que deveria ser duro para me defender de você. Pai, você está zangado comigo? Foi o que me perguntou meses depois. Respondi que, claro, eu não estava zangado, como poderia estar chateado com meu único filho etc. Não menti para você. No entanto, não lhe disse que, nesse meio tempo, eu me dera conta de que seu amor por mim e meu amor por você não eram iguais. Claro, assim deve ser, é a ordem natural das coisas. Um bom treinamento, como diziam na Marinha. Talvez ter aprendido que eu estava sozinho com meu amor e minha esperança me seja muito útil agora. Mas, naquele momento, parecia que o que se partira em mim não teria conserto, assim como não teria conserto o que eu partira em você.

Estou usando rodeios. Até você me dar um basta, impus minha vontade a você, de todas as maneiras. Atormentei-o até o dia em que você afinal entrou em greve. Tortura chinesa: você não pode estar com tanto frio, você me deve mais dez voltas, e por favor continue nadando, que história é essa de dizer que o bote não vai agüentar, você não ganha a taça se não praticar, você sabe que pode vencer. Tradição familiar: seu bisavô, seu avô e eu fizemos parte da equipe da escola, como você pode se negar a jogar? Comparação comigo: não estou cansado, nem tenho sono, nem sede, nem fome, nem estou com frio, nem com calor. Por que com você é diferente? Se houvesse um juiz diante de quem eu me encontrasse, uma psicostasia, como no grande mosaico de Torcello, no qual há anjos e demônios ao lado das balanças em que se pesam as almas, ele poderia considerar esses pecados insignificantes, veniais. O pecado que nenhum juiz pode perdoar (muito menos eu), e que cometi, foi ter forçado seu pequeno e frágil corpo. Ah, tudo foi feito tão inteiramente para o seu bem, tão de acordo com o doutor Spock e os idiotas da medicina que contratei e paguei, e você berrava de cólica, mas você estava em minhas mãos enormes que não seriam detidas por nada, muito menos quando havia um trabalho a ser feito. Essa é uma lembrança que afoguei no poço mais úmido da minha mente, onde permaneceu submersa até o dia em que seu avião de pau-de-balsa jogou a tigela Ming amarela de sua avó no chão. Enfurecido, arrebentei o brinquedo, enquanto você gritava: Papai, papai, papai. Você não podia acreditar que eu pudesse fazer uma coisa daquelas.

Embrulhado nas cobertas, os braços apertando o travesseiro, Mistler percebeu que ele também estava chorando. Pode haver dor maior do que a lembrança da tristeza antiga em meio à miséria presente? A Mistler, não parecia que pudesse haver. A fadiga, as pílulas que tomara, todo aquele álcool: como o sonho do dr. Endicott antes disso, a carta dele para Sam desaparecia, informe, na distância dolorosa. Mistler não podia mais controlar seus pensamentos.

Quando acordou, o quarto estava muito claro. Ele deve ter aberto as venezianas antes de se deitar para que entrasse mais ar. Cambaleando, foi até a janela da sala e olhou para o Grande Canal lá fora. Que ressaca imensa! Comparado a ela, o domo da Salute parecia a cabeça de um alfinete. Pelo seu relógio, passavam poucos minutos do meio-dia. Quase de imediato, em toda a volta do hotel os sinos começaram a tocar, pararam, depois voltaram a tocar, uma igreja se sucedendo à outra. Para sua surpresa, Mistler conseguiu tomar o café da manhã. Na protelação não há abundância. Ele pôs no sofá, onde ficariam bem visíveis e não seriam esquecidos, os fax que o garçom trouxera com a bandeja, escolheu o papel de formato menor na gaveta da escrivaninha e sentou-se para escrever:

Não espere até agosto para vir para casa, meu querido Sam, eu lhe imploro. Embora eu não tivesse tido forças para dizê-lo ao telefone, há um motivo para a pressa. Cerca de duas semanas atrás os médicos descobriram que tenho um tumor maligno. Não acho que seja o caso de tentar removê-lo ou tratá-lo. Não precisa se preocupar! Não está me incomodando e não é provável que o faça ainda por alguns meses. Infelizmente, não dá para esperar que esse tipo de coisa funcione segundo o cronograma, e eu gostaria muito que estivéssemos um com o outro enquanto aparento e me sinto como a pessoa a que estamos acostumados.

Espero que você traga Monique e Linda, caso Monique possa se afastar daí. Sua mãe irá tratá-las bem, posso lhe garantir, e eu ficaria especialmente contente de ver Linda correndo por Crow Hill. Não se preocupe com sua mãe. Se você der espaço, seu relacionamento com ela provavelmente só irá melhorar quando eu não estiver mais por aqui. Você sabe que há muito ela não é feliz como esposa. Minha alegria imensa quando você se reaproximou de mim sem dúvida a deixou ressentida, com você, comigo e com Monique, embora a pobre Monique nada tenha a ver com nossas complicações e seja, na verdade, bem o tipo de moça de que sua mãe costuma gostar. Aliás, se houver tempo, há erros que cometi e que espero podermos falar deles. Não me lembro exatamente das palavras do dr. Johnson sobre como há uma concentração das idéias na cabeça de um homem que sabe que vai ser enforcado, mas posso lhe garantir que é uma grande verdade!

Como vou lhe mandar esta carta por *courier*, você deverá recebê-la no dia em que chego a Nova York de Veneza. Sua mãe não sabe que estou doente. Por favor, não fale com ela sobre isso até eu telefonar dizendo que ela já sabe.

Bem, foi isso. Havia suco de tomate no frigobar. Misturou um pouco de suco e gim. Ainda era possível confiar em algumas coisas. Se um homem como ele, *integer vitae scelerisque purus*, acostumado ao prazer, tem uma morte desagradável, será preciso dizer que sua vida não foi feliz? Por ora, Mistler se inclinava a pensar o contrário. A história de não saber até o cair da noite se o dia tinha sido bonito era uma bobagem inteligente. Nós vivemos o dia hora a hora e a vida dia a dia. Por que só a passagem final contaria?

Acendeu um charuto, observou que tragava bem sem se sentir enjoado e acomodou-se no sofá para ler os fax. O primeiro era de Clara, ditado para a secretária dele. Ela tentara falar com ele depois de terem desligado, mas lhe disseram que ele não queria ser incomodado. Graças a Deus, lembrei-me de dizer ao homem da portaria que não receberia ligações antes de sair outra vez! Ela teria ficado ligando a noite toda, estaria no telefone até agora. O fax era para lembrá-lo de comprar e levar doze taças para sorvete que substituiriam as que se quebraram. Por que não? Também compraria taças de champanhe. Nunca se sabe quando nos será útil uma dúzia a mais. O segundo fax era de Voorhis. As ações da Omnium tinham caído um pouco mais. O analista do banco de investimentos que assessorava a Omnium estava preocupado com a volatilidade do papel. Ele previa uma queda ainda maior tão logo fosse anunciada a transação. Assim sendo, Jock Burns ligou para Voorhis interrompendo-lhe o jantar para pedir um adiamento do negócio — questão de semanas — para que as ações recuperassem seu valor. O que ele deveria responder? Mistler sentiu que ruborizava e procurou o telefone. Voorhis deveria ter rejeitado a insolência no mesmo instante; como não o fizera, o próprio Mistler se encarregaria disso. Pouco depois das seis da manhã em Nova York. Faria muitíssimo bem a Jock ser acordado com um telefonema dele. Mas a raiva desapareceu enquanto discava o número. Por que, em vez disso, não ligar para o pobre Voorhis numa hora mais razoável e pedir para dizer a Jock que, se aquela era a opinião de Jock e seus consultores, ele, Mistler, também necessitaria de tempo para reconsiderar seu interesse no negócio. O resultado provável seria o pânico na Omnium, desculpas, com tudo voltando aos prazos devidos. Do contrário, o caranguejo dentro dele teria a última palavra. Não tinha importância. A agência estava fadada a ser vendida, de qualquer maneira, embora talvez por um valor menor do que imaginara.

Olhou para o relógio. O almoço na casa da amiga de Barney — o nome sumira da sua cabeça — por certo não seria antes das duas. Se não demorasse no banho, chegaria apenas ligeiramente atrasado.

# 10.

No *vaporetto* do Zattere à Giudecca, uma moça com cabelo naturalmente vermelho e um homem não barbeado se acariciam. Ele a encostou na parede de metal, junto à entrada da cabine de passageiros, e enfiava a língua tão fundo que talvez estivesse limpando as amígdalas dela. Mistler pode acompanhar tudo de onde está, com as costas apoiadas na divisória que circunda a ponte. Como não se preocupou em comprar o bilhete, evita trocar olhares com o *marinaio*. Tão curta é a distância que os separa da próxima parada que este não irá até a ponte buscar o equipamento para coletar os bilhetes. Provavelmente, Mistler está a salvo. É um jogo, como qualquer outro. Mistler gosta de jogar quando não há regras. Ele se afasta um pouco para o lado, para ver melhor os rostos do casal. Mais do que nunca, estava claro para ele que a foda é a força que move o mundo. Que outro motivo haveria para essas saias que param logo abaixo da virilha, expondo coxas que imploram uma mão que lhes acaricie a parte interna, para essas sandálias de plataforma e saltos altos e bambos que lembram quadros de prostitutas venezianas, para os abdomes e umbigos nus, o rímel, os lobos das orelhas furados por brincos múltiplos que prometem uma submissão obscena? Ele já não faz parte deste mundo. Ainda assim, fitando abertamente a moça, ele assobia, sem a precisão absoluta de Lina mas bastante bem, *bella figlia dell'amore*. O homem com um resto de barba no rosto e um pequeno brinco no nariz, Mistler acabara de ver, está tão ocupado apertando o traseiro da moça que nada percebe, mas ela não perdeu nenhuma nota. E dá uma piscadela para Mistler. Se Mistler soubesse o endereço de um prostíbulo de alta classe correria direto para lá em vez de sair atrás daquele imbecil do Barney. A falta de lógica da situação não escapou a Mistler. Bastaria um pequeno esforço e ele teria mantido Lina por perto, até voltar para Nova York e Clara assumir o posto. Mas agora ele ficou excitado.

Aquele maldito Barney nunca foi de entender nada muito bem. Ou então Mistler esquecera quantas casas deveria contar a partir da igreja. Janelas góticas. A quinta ou sexta casa. Até aí tudo bem, mas os nomes junto às campainhas são italianos e não dizem nada a Mistler exceto um, de origem incerta, que é o nome de uma diva que Mistler se lembra de ter ouvido muitos anos antes em algum lugar. E não pode ser o nome da amiga do Barney. Na casa ao lado há uma porta de vidro. Através dela, dava para ver um pátio de surpreendente beleza. Bravo, Barney! Nada feito; uma placa de bronze informa que é a entrada para arquivos cuja existência ele, até esse momento, ignorava. Numa porta lateral, porém, além das combinações Fabri-Vinci e Vinci-Fabri, ele vê, ao lado de um botão de campainha, a dica discreta: *Piano Nobile*. Deve ser esse. Ele aciona o botão com o polegar. Segue-se um barulho de levantar os mortos. Ninguém atende. De novo. Mais uma vez ninguém atende, mas a porta se abre com um clique. *Piano nobile*, portanto no primeiro piso. Mas claro! Ali, no patamar, está Barney, com péssima aparência. Como se ainda não tivesse dormido ou, então, dormido sem tirar a roupa. Embora Mistler esteja com um pé na cova, e portanto menos inclinado que antes a guiar seus companheiros no caminho do auto-aperfeiçoamento, ele talvez possa, depois do almoço, dizer a Barney como a pessoa realmente se sente melhor, sejam quais forem as circunstâncias, se ela escova os dentes, faz a barba e veste uma roupa limpa. Qualquer coisa: até uma camiseta com os dizeres "Vou tomar!". Mistler nunca viu uma camiseta dessas e se pergunta por quê.

Caramba, Thomas! Não posso acreditar.

Espero que você e sua anfitriã estejam à minha espera! Do contrário, não se preocupem. Há uma cantina ao lado. Por que não convidá-los a almoçar lá comigo?

Não seja bobo. Bunny está na maior excitação porque vai vê-lo. Só achei que você nunca conseguiria sair da cama. Você é o sujeito que deveria estar morrendo, está lembrado? Mas vou lhe dizer uma coisa, a carcaça que sobrou — sou eu. Ei, Bunny, ele chegou! Thomas! Grandão como sempre e duas vezes mais sensacional!

Conduzido por Barney, Mistler atravessa um vestíbulo e entra no *salotto*, que dá para o canal. Há uma luz desbotada e crua, pois a esta hora a margem está na sombra. Mistler conhece bem a vista, mas nunca a viu de cima do Fondamenta. Há um cruzador grego ancorado no outro lado. Perto dele, uma espécie de barca para automóveis. O salão é grande mas desalinhado: cadeiras de encosto reto, forradas de um veludo velho, ao lado de divãs escandinavos baratos, um sofá surrado, uma mesa de centro com vários *Herald Tribune* da semana anterior e poltronas de couro. Nas paredes forradas com papel listrado de roxo e amarelo, misturam-se retratos de homens com chapéus vermelhos que lhes cobrem as orelhas, para deixar claro que são doges, e quadros de deusas obesas brincando em grupos. Provavelmente cópias de segunda categoria feitas no século XIX e que ainda não conseguiram chegar aos negociantes especializados no outro lado de San Marco. E também um artefato grande, gosmento e violeta que parece um Yves Klein mas provavelmente não é. Nesse caso, para Mistler, a falta de autenticidade é uma vantagem. Por que gastar dinheiro num quadro que qualquer palerma com uma lata de tinta pode fazer com o mesmo resultado? Ah, diante da janela estava uma mesa posta para quatro.

De um cômodo à direita lhe chegam, primeiro, o bater dos saltos altos nos ladrilhos venezianos e, depois, a voz — rouca, misteriosa, prestes a revelar o mais sagrado dos segredos.

Thomas, mal posso acreditar! Barney topando com você, imagine! Ou foi o contrário?

Por que motivo Barney teria querido pregar essa peça? O nome Cutler voltou à cabeça de Mistler. Ele tem certeza de que não conhece ninguém, homem ou mulher, chamado Bunny Cutler. Mas a voz! Não havia a menor dúvida a respeito de quem era a dona daquela voz.

A mulher entrou na sala. Lamentavelmente mais gorda e, ainda assim, se o milagre que lhe permitira manter a cor de marfim da pele também lhe tivesse preservado a maciez, dir-seia que o rosto era o mesmo: feições bem-proporcionadas e firmes que não haviam engrossado, olhos espantosamente grandes e bem separados, e o cabelo pesado. Palas Atena! O cabelo tinha sido cor de ouro pálido — comprido, tocando-lhe os ombros, partido ao meio e solto. Voava atrás dela ao vento, como uma flâmula heráldica, quando pedalava sua bicicleta Schwinn vermelha pela avenida Massachusetts, correndo por entre o tráfego a caminho da Biblioteca Widener ou do Bickford para o chá e os bolinhos ingleses encharcados de manteiga salgada, ou então de volta ao pátio de Radcliffe. O sol e a água do mar o haviam descolorido, ou talvez seja assim que envelhecem cabelos desse tipo. Ela está usando um vestido trapézio azul, abotoado de cima a baixo na frente. Sobre o vestido sem mangas, ela jogou nos ombros um suéter de tricô de algodão de um azul mais escuro. Mistler ousa olhar suas pernas. Ainda são maravilhosas, de tornozelos delicados. Os saltos altos que a anunciaram são os de sandálias vermelho-berrantes. Só há uma explicação possível. Ela é uma convidada. A verdadeira Bunny vai aparecer num instante.

Bella, diz ele, estou tão contente. Não, a frase é fraca. Estou absurdamente feliz! Eu nunca iria imaginar. Como poderia saber que você também viria para o almoço?

Barney, seu tolo inútil! Você não explicou a Thomas?

Mas eu achei que ele sabia. Não, é justamente o contrário. Ele me disse que não a conhecia.

Bella, como você está?

Que tal um pouco de vinho?, ela retruca. Prosecco?

Decididamente não posso tomar nada com bolhas, diz Mistler. Vai ter de ser vodca ou gim, puros. Ou vinho tinto, se for mais fácil.

Ela toca uma campainha perto do grupo de deusas mais vivamente róseo. Chegam as bebidas.

Thomas, é mesmo verdade que não nos vemos desde a faculdade? Pouco antes da minha ida para a Inglaterra?

Mistler faz que sim com a cabeça. Ela andou contando os anos. Agora ele espera uma explicação.

Eu me casei por lá, quase que assim que cheguei, com um homem chamado Cutler. Thomas Cutler, mas era mais conhecido como Tommy.

Tal como meu pai.

Bella sorri, e Mistler ruboriza no mesmo instante. Circe transformava os homens em porcos; Bella o transforma num idiota. Nunca falhou. Ela sorri sem separar os lábios, exatamente como na lembrança de Mistler. O sorriso de Mona Lisa. Ele imagina que ela não tenha feito nada naqueles dentes, bem separados.

Tommy era um doce de rapaz, mas poucos anos depois engravidou a garota que de fato dirigia a galeria dele — ele negociava com arte islâmica — e não a deixou fazer um aborto. Não tínhamos conseguido ter filho, e ele me disse que era um "polifiloprogenitor". Estou falando sério! Nunca ouvi essa palavra ser usada por mais ninguém!

Está em T. S. Eliot, Barney informa a Bella. Num dos poemas de Sweeney.

Deve ter sido lá que Tommy a encontrou. Ele sempre lia com um dicionário à mão. Por um instante, temi que fosse alguma doença horrível e depois perguntei o que significava. A solução de Tommy para o problema familiar foi me expulsar. Ele foi muito firme em sua decisão. Saí só com as roupas. Nada mais! Ele precisava de todo o resto. Enquanto isso, eu tinha escrito alguns artigos de viagem e um guia, assinados com o nome Cutler, por isso resolvi mantê-lo.

Mas por que Bunny?

Ele não suportava Bella. Quando nos conhecemos, Tommy me disse que não iria para a cama comigo a menos que eu encontrasse outro nome. Eu andava meio sem imaginação, por isso eu disse: me chame de você. De início ele chamou, mas depois disse que seria Bunny, porque eu fodia como uma coelhinha! Eu já devo ter lhe contado essa história milhares de vezes, Barney. Seja como for, o nome colou. Estritamente *entre nous*, acho até que me assenta bem. Fica mais de acordo comigo do que Bella! Está vendo, Thomas? Você terá que se adaptar! Será que vai ser muito difícil? Você parece não ter mudado nada, Thomas.

Aprender o nome novo? Acho que consigo usá-lo numa conversa social, se você me perdoar um ou outro lapso.

Você sempre manteve tudo sob controle em sua cabeça. Isso também não deve ter mudado. Barney, por acaso você não contou nada ao Thomas da minha história mais recente?

Ah, acho que contei, ontem à noite, no meu estupor de bêbado. Que pena ele não tê-la visto em plena glória, no *palazzo* da família! Deve ser Joe, Barney acrescentou, ao ouvir o som horrível da campainha. Vou abrir a porta.

Bate-papo no vestíbulo. Mistler está mesmerizado pelo que tem diante de si e pelo que havia no passado. Ele afasta um jornal para colocar o copo na mesa de centro e nota que esta foi feita de um grande espelho manchado. Bunny parece contente de ver a intensidade com que Mistler a fita; o sorriso dela está a ponto de se transformar em riso. É quando ela começará a arrulhar como uma rolinha. Em vez disso, pisca para ele. Thomas acha isso muito simpático. Ali está Joe: parece muito jovem, o que é fácil nesse grupo. Mas deve ter mais de quarenta. Um rosto limpo, franco, camisa Brooks Brothers branca muito nova e calça jeans azul que deve ter sido lavada, engomada e passada há pouco. Um sujeito simpático. Ele dá três beijos no rosto de Bunny e aperta a mão de Thomas.

É uma grande satisfação conhecê-lo, senhor Mistler. É uma lenda e tanto.

Puxa, mais um *freelancer* criativo originário das entranhas de uma agência de publicidade. O salário deles é alto demais. Por que não ficam sentados em seus cubículos ou salas de desenho em vez de estar constantemente no nosso pé? Está aí uma coisa que vale a pena mencionar na próxima reunião do comitê executivo. A idéia de participar dessa reunião é tão absurda que deixa Mistler visivelmente animado, e Joe logo acha que Mistler também está satisfeito em conhecê-lo.

De verdade, diz o rapaz, o senhor tem nos inspirado tanto!

Bunny chega para o salvamento. Joe, você está tão atrasado, diz ela, que nem merece um drinque. Vamos nos sentar para almoçar.

Tem muito molho na massa. Mistler gosta do modo como Bunny prende a ponta do guardanapo ali onde o vestido a aperta ao redor da garganta. Um pescoço bastante amplo. Joe tem um jeito inteligente de segurar o guardanapo com a mão esquerda, de modo a proteger a frente daquela camisa impecável. É um truque útil que Mistler imita sem hesitar e pretende voltar a usá-lo quando chegar a salada verde. Quem diz que ele não pode mudar? Se ao menos tivesse aprendido esse truque quando jovem, quantas gravatas teriam sido poupadas! Barney claramente não dá a menor bola. Pingos marrons caem em sua camisa preta. De vez em quando, Barney molha o guardanapo na água do copo e toca nos pingos. Mistler diz a Bunny que o vinho dela é muito bom.

É da *azienda* Feretti em Friuli. O herdeiro Francisco manda para cá. Ele é muito generoso quanto a vinhos.

É o mínimo que ele pode fazer!, diz Barney, exaltado. Esse rapaz devia ter deixado você ficar com o apartamento e ter lhe dado uma pensão!

Ele de fato me ofereceu um no terceiro andar, mas era muito escuro. Prefiro este. Seja lá como for, Enrico sabia mais quem merecia o quê. Francisco fazia para ele coisas que eu nunca fiz.

Joe dá um risinho abafado. Após um momento de reflexão, Barney o acompanha.

Você fica até quando, Thomas?

Só até domingo.

Que pena! Mas você volta. Talvez no outono. É a melhor época em Veneza.

Ela aponta para um buquê de nuvens de um cinza e um

rosa de Tiepolo que formam um semicírculo acima da torre de San Trovaso, no outro lado do canal.

Eu sei. Venho aqui há anos. Gostaria de ter sabido antes que você estava por aqui. Mas nunca vejo ninguém. A idéia era sempre ver coisas, ler, comer alcachofras minúsculas e tenras, como essas.

Por que não mencionou Clara? Ficará até mais estranho se tentar corrigir a gafe. Mistler não consegue acrescentar: Ah, e Clara é tão apaixonada por vidros de Murano, embora ela o merecesse. Ele gostaria de não ter de ir atrás das taças de sorvete. Será que Barney contou a Bella — ou melhor, Bunny — sobre a doença de Mistler? A julgar pela pergunta dela, não. Delicadeza de sentimentos e tato? Ele é perfeitamente capaz disso. Ele podia agir com a cautela de um verme. Ou insensibilidade mundana? Não há razão para darmos à nossa anfitriã, logo de manhã, uma notícia desagradável, nada divertida, sobre um homem que convidamos para almoçar sem a permissão dela. Embora algo parecido com "topei com o Mistler a noite passada naquela espelunca divina, isso mesmo, exatamente, o atleta com ambições literárias, e ele me disse que está morrendo de câncer, então eu o convidei para vir" também pudesse ter ocorrido.

As alcachofras acompanhavam a enguia grelhada que veio depois da massa. Uma comida realmente muito boa e um quarteto de comilões animados: não é de espantar que Bunny não seja mais a moça franzina e esbelta que era. Ainda assim, tanto ela quanto os rapazes parecem muito bem de saúde. Devoram uma torta de merengue que deve ter sido comprada na casa vizinha. É inconcebível que a matrona com uma verruga em cada bochecha e o início de um cavanhaque preto, que serve à mesa e provavelmente também cozinha, a tenha preparado. Bunny teria um *chef*? Devido a um hábito que está decidido a abandonar, Mistler só se serve de metade da fatia que lhe é oferecida. O que está tentando provar? Que com um aperta aqui e encolhe ali ele ainda consegue entrar nas roupas que usava trinta anos antes? Enquanto vocês, meus queridos, olhem só para vocês. Para surpresa de Mistler, a velha senhora torna a passar a torta. Ele se serve de um pedaço avantajado, que acaba não comendo inteiro.

No final das contas, Joe não trabalha para a agência de Mistler. Ele é o editor de culinária da *Vogue* inglesa. Valeria a pena investigar por que contrataram um americano para isso quando os ingleses tomaram conta de todos os empregos desse tipo em Nova York. Mistler faz a pergunta. Ah, Joe está lá para garantir que o gosto inglês esteja representado — o carneiro cozido, o molho de pão, a torta de carne e a tradicional dieta das escolas particulares. Os ingleses que escrevem sobre comida são todos partidários da *nouvelle cuisine*. As grandes cabeças na direção da *Vogue* pensam em termos globais; para elas, compartimentar o talento é um sacrilégio. Hoje, comida inglesa; amanhã, Picasso e política alemã. Joe pede a Mistler sugestões de restaurantes em Milão, sua próxima escala, e em Paris, onde há bistrôs que ainda servem a honesta comida burguesa.

Costumo deixar esse tipo de preocupação para meus anfitriões, é a resposta grosseira.

Então Barney entra na conversa para explicar que uma refeição com Joe logo se transforma num jantar chinês, pois ele simplesmente pede tudo que há no menu e quer experimentar o que há no prato do outro, e por este ou aquele detalhe vai se tornando claro que Joe é parceiro de Barney, e não especialmente de Bunny.

A senhora barbada trouxe café, biscoitos e *grappa*. Passaram para o sofá e para as poltronas diante deste. Mistler descobre que vem comendo e bebendo como se não houvesse nenhum amanhã, o que, infelizmente, é o caso. Ele estuda o rosto de

Bunny, os olhos em especial, e as mãos, enquanto Barney faz, talvez para animar Mistler, um relato da última grande festa que Enrico promoveu antes de morrer. Dá para notar que não é a primeira vez que Bunny ou Joe escutam a história, com a qual ele já deve ter regalado outros ouvintes. O modo como Barney usa o pronome "eu" é a imagem espelhada da maneira como a realeza diz "nós". Não quer dizer absolutamente que ele estava sozinho. Na verdade, a menos que o pastor de cabras grego já tivesse se cansado de Leo, este sem dúvida estava com ele em todos os bailes. Ao longo dos anos, o comentário era que Barney levava uma vida conjugal. Pelo jeito como assente com a cabeça com ar entendido e sorri deleitado, também Joe devia estar de serviço, mesmo que não esteja incluído na primeira pessoa do singular de Barney. Talvez ele apenas já tenha ouvido Barney contar a história.

Rapaz, foi uma loucura. O *palazzo* brilhando à luz dos candelabros no lado do canal, aqueles tocheiros acesos, deslumbrantes, no desembarcadouro das gôndolas e à entrada no *rio*, bandeiras da cor de rubis com as armas dos Feretti Venier penduradas em todas as janelas! Maud Rodman me pediu para levá-la ao baile. Eu disse: Tudo bem, querida, mas você precisa alugar uma gôndola para a noite. Um tempo sublime! Nenhum vento! Dava para ouvir o remo escorregando para dentro e para fora da água. Assim que cheguei, vi que eu tinha razão — todos os outros foram de táxi aquático. Um efeito bastante diferente. Aliás, me surpreendeu Enrico não ter especificado no convite, "os convidados devem chegar de gôndola ou a pé". Você lembra que em Roma, quando ele convidava para jantar, o convite dizia "coquetéis às nove, carruagens à meia-noite"? Esse é o meu Enrico! Tive uma tarde exaustiva, de loja em loja com Maud, enquanto ela procurava uma máscara para usar no baile. Inacreditável! Afinal, eu lhe disse: Meu bem, não se preocupe, seu rosto está perfeito assim mesmo, ele é uma máscara mortuária. Use a capa negra e vá fantasiada de Morte. Ela riu a mais não poder. Pouco antes da festa, subi até sua suíte no Cipriani e ajudei-a a pôr camadas e mais camadas de pó de arroz até ela se tornar parecida com Marcel Marceau, só que morto. Eu estava usando meu quimono de Kabuki e quando subimos do desembarcadouro para o saguão todo mundo aplaudiu. Que cena! A orquestra de violinos de Enrico tocando Vivaldi, garçons postados em cada degrau da escadaria imponente segurando bandejas com champanhe e caviar em blini! Só Enrico teria essa idéia. Comecei a procurar por você e Enrico. Você estava majestosa de veludo verde e com aquelas pérolas Feretti alucinantes. Quando lhe perguntei por Enrico, você pôs um dedo nos lábios e fez um ar misterioso. Lembra-se? Ele fez sua entrada depois da meia-noite, com dois mastins na coleira. Francisco me disse, mais tarde, que ele tinha estado vendo televisão no quarto.

Eram os cães de caça irlandeses do Enrico. Eu lhe implorei que não desse a festa. Ele já estava muito debilitado.

Mas admita que era puro Enrico deixar que a festa continuasse sem ele. Como aquela vez em 1984, quando ele deu um almoço para o Gianni no jardim do Brenta. Cem convidados, tendas, violinos, uma decoração divina, uma floresta inteira de magnólias, e aquela negra que era como uma rainha de Sabá cantando Brahms. Ele não apareceu em momento algum! Afinal, chegou uma mensagem. De Capri! "Fui prestar uma homenagem à nossa amizade na ilha onde Gianni e eu nos encontramos pela primeira vez, com o mar e o sol como meus únicos companheiros." Você a leu depois de servida a sobremesa.

Barney não vai parar nunca mais. Não há jeito; ele está privando Mistler da única chance de falar com Bunny. Mistler sorri para ela e diz que precisa ir embora. Já passou a hora do seu cochilo. Justamente nesse momento, a fortuna gira sua roda. Barney olha o relógio e diz: Opa, nós vamos com você. Marquei um encontro com o diretor da biblioteca Marciana. Ele vai nos acompanhar numa visita particular. Joe vai. Por que você e Bunny não vão também? Fica na Piazzetta, perto do hotel.

Bunny vem em seu auxílio. Barney, por que você e Joe não vão indo? Conheço a Marciana muito bem. Enrico doou a eles parte de sua coleção. Se Thomas conseguir lutar contra o sono mais um pouco, gostaria que ele ficasse. Já faz tanto tempo!

Ela descansa a cabeça no encosto do sofá e sopra uma série de anéis de fumaça concêntricos. Ah, ela não perdeu a destreza.

*Ciao, ciao!*

Mistler fica. De novo sentado, faz um gesto em direção à garrafa de *grappa* na mesa em frente do sofá. Um movimento de cílios indica consentimento. Ele enche os copos e tira seu estojo de charutos. Outro sinal de aquiescência. Os olhos dela são muito límpidos, de um azul mais escuro que o que guarda na memória. Por um instante ele se pergunta se ela usa lentes coloridas. Curiosidade fútil: os anos de ausência são como salas com portas e janelas emparedadas. Não há como entrar nelas, mesmo que houvesse todo o tempo do mundo.

Ela se desloca para a ponta do sofá, para ficar mais perto dele, apaga o cigarro e diz: Barney me contou pouco antes de você chegar. Parece grave. É?

Aquele sussurro insone. Montanhas de guimbas de cigarro. Que este seja o seu réquiem.

Foi o que me disseram. Até agora, eu me sinto bem durante a maior parte do tempo. Na verdade, nada diferente de antes.

Você está casado, não está? E tem um filho? Às vezes leio artigos sobre você e todas as coisas importantes que anda fazendo. Barney falou sobre trabalhar para você, é claro. Você foi muito generoso. Ele fez com que parecesse uma espécie de bolsa Guggenheim para o resto da vida.

Barney tem muito talento, e fico feliz por ver que ele o usa. E também é um redator de textos publicitários incrivelmente inteligente, vale cada dólar que lhe pagamos. Tenho de fato uma esposa chamada Clara e um filho chamado Sam. Ele é praticamente um velho, prestes a se casar com uma mulher que tem uma filha que não é dele. Uma menininha hispânica.

Isso o incomoda?

Por Deus, não! Eu me incomodaria se ele estivesse sozinho.

E sua mulher? Por que ela não está com você?

Vim a Veneza por impulso, antes de contar a ela e a Sam. Para ter uns dias vazios só para mim. Mas acontece que isso não existe. O vazio parece se transformar em caos, ou os dois se confundem — pelo menos no meu caso. Talvez seja um fenômeno comum.

Enrico trabalhou até o fim. Não admitiu mudar nada em sua rotina. Quando perguntei por que não parava, ele disse que só o faria se achasse que poderia usar o tempo para uma reconciliação com Deus. Claro, ele nunca trabalhou mais do que algumas horas por dia. Na verdade, não é bem assim: a música estava em sua cabeça o tempo todo.

Aí está a diferença. Ele era um grande artista. Meu trabalho é apenas outra forma de vazio — um vazio estruturado!

Por que diz isso? Você não construiu um imenso negócio, não deu trabalho a montes de Barneys e Leos? Segundo Barney, não existe outro como você.

Na minha área, especificamente, ele tem razão: não há ninguém mais. Mas de outro ponto de vista, que por acaso é o meu, o que na verdade faço é usar o poder, e os que fazem isso são uma multidão. Não subestimo minha habilidade, ou a energia que tinha, ou minha competência para fazer o que me propunha. Mas o poder é como a eletricidade. Muito útil, se você quer acender as luzes. Se, ao contrário, você quer deixar a sala no escuro, ela não serve para nada, ela é apenas uma força que existe. Na verdade, quando voltar a Nova York, vou fazer com que muitas lâmpadas fiquem acesas o mais tempo que eu puder, só para deixar as coisas em ordem. Vou usar o poder. Mas você não vê como alguém poderia querer muito deixar de lado esse poder? Entretanto, se tivesse música ou versos na cabeça, talvez quisesse ouvi-los até não haver mais som. Quanto a Veneza, o que tinha em mente era deixar que as coisas acontecessem, uma vez que fosse, sem tentar controlar.

É assim que eu, de certo modo, tenho vivido.

Pois é. Não é apenas um sentimentalismo terminal. Tantas vezes, mesmo quando eu estava empenhado ao máximo em que as coisas acontecessem conforme meus planos, quando estava no auge de minha forma — do exercício do poder —, eu era tomado por um terrível anseio por uma vida diferente. A vida que imaginava era aquela que se costumava atribuir a uma bela mulher: voltada para si mesma e para as coisas do dia-a-dia, disponível para algum homem e com a permissão, na verdade, o estímulo, para ser ligeiramente irresponsável. Agora esse tipo de vida seria *démodée*; por isso, se tivesse de novo que imaginar uma vida, seria a de um gato, belo e inteligente, que vivesse numa casa em que todos o tratassem bem. Os gatos são os únicos cavalheiros que conheço: não trabalham para viver mas estão sempre ocupados, gostam de jogos, concedem a amizade deles a quem lhes aprouver e não recebem ordens. Eles são elegantes!

Thomas, você teria sido um gato irresistível. Mas você não podia ter feito tudo o que desejava?

É isso aí. Eu desejei, desejei e me encarreguei de concretizar meus desejos. Eu me fiz. Gatos e mulheres belas não precisam disso. Eles já são!

Então ele não conseguiu mais se controlar. Bella, ele lhe disse, eu desejei você. Esse é o desejo que não se tornou realidade. Você machucou meu coração, me aniquilou, levou embora minha esperança. Por quê? Por que você foi amar aquele homem com cara de camelo? Por que não me amou?

Meu querido Thomas, você me espanta! Você está falando de Tim, do pobre Tim Lewis? Nunca o amei. Ele era alguém com quem eu me divertia, só isso.

Estou falando do homem horrível com cara comprida e lúgubre, cabelo preto gorduroso, careca prematura, óculos de aro preto, capa de chuva falsa e mocassins pretos tão gastos que dava para imaginar seus pés molhados.

Ela riu. Esse era seu disfarce de caçador de talentos! Ele iria trabalhar com um tio na MCA depois que se formasse. E era desse modo que Tim, logo que começasse a trabalhar, me arrumaria um papel num filme, ou pelo menos um teste. Você não pode imaginar como eu queria ser atriz de cinema! Muito mais que de teatro. Eu gostaria de saber que fim levou Tim. Ele costumava passar por Londres. O tio o liberou e ele arranjou um emprego na Voz da América. Ou foi na Rádio Europa Livre? Nunca soube como distinguir uma da outra, nem que diferença isso fazia.

Pouco me importa a carreira de Timothy Lewis. Pouco me importa o nome dele. O que me importa é a festa na Lowell House depois do jogo com Yale. A festa de Stevie Merryman. Os casacos estavam no quarto de Stevie. Eu já ia sair e entrei lá para procurar o meu. O quarto estava escuro. Acendi a luz. Você estava no chão, em cima dele, fodendo aquele sujeito. Seu vestido estava puxado até a cintura, por isso pude ver como seu traseiro era belo e branco. Ele estava sem calça, mas não tinha tirado a cueca nem as meias nem aqueles mocassins pretos. Fiquei ali parado um minuto, já que isso não perturbava nem você nem ele. Depois peguei o casaco e saí.

Não foi lá muito legal essa história de ficar ali para olhar!

Eu já estava mais pra lá do que pra cá, mas ainda tomei outro martíni da jarra que estava na sala. Depois, entrei no carro e fui para Nova York. Acredite ou não, queria ver meu pai e lhe perguntar como essas coisas podiam acontecer, de modo que dissesse que não havia nada de vergonhoso e repelente em mim. Uma idéia que só poderia surgir na cabeça de um estudante bêbado. Ainda assim, era o que eu me propunha. Poucos quilômetros antes de Worcester, saí da estrada e o carro capotou. Nada sério, só um carro que foi para o ferro-velho e um braço e um ombro quebrados. A polícia me encontrou. Eu estava inconsciente, mas acho que, como não cheirava a gim, eles não criaram problemas. É tudo o que lembro.

Sinto muito, Thomas. Na verdade, também me lembro daquele quarto e de alguém abrindo a porta. Mas não vi que era você.

Você estava muito ocupada.

Estava. Fui para a cama com muitos garotos quando estava na faculdade. Que diferença isso faz? Por que foi tão importante você ter me visto? Eu nunca paquerei você.

Não, não paquerou. Mas por que não? Eu ficava horas parado diante da biblioteca de Radcliffe. Depois, quando você saía, eu fingia que estava passando por acaso. Eu levava minha bicicleta, para poder perguntar se você gostaria de me acompanhar até a praça de Harvard, caso você estivesse de bicicleta. Se não estivesse, eu deixaria a minha, faria de conta que estava a pé e lhe perguntaria se podia ir caminhando com você. Sentaríamos num banco no Common e conversaríamos. Eu a convidei para jantar duas vezes, no Henri IV, e você aceitou. Mas não ousei tocá-la nem tentei beijá-la quando a levei para casa. Uma vez ficamos de mãos dadas. Foi só. Eu achava que era só isso que você queria. Você me fez pensar que era. E no entanto você sabia que eu estava apaixonado por você. Então por que o cara de camelo e não eu?

Você me assustava, Thomas. Você tinha tudo aquilo atrás de si — o carro, a bicicleta de corrida, os ternos de gabardine elegantes, a gravata com as listras do seu clube, as viagens a Nova York sempre que lhe desse na cabeça —, mas não era como os outros garotos ricos que também remavam e competiam por clubes. Podíamos ficar nos agarrando com eles e nada acontecia. Claro, se a gente deixasse, eles enfiavam um ou dois dedos dentro da gente e gozavam dentro das calças. Amanhã seria outro dia. Ou Tim. Ele nos fodia, nos fazia gozar primeiro, e depois nos fazia rir do momento divertido. Com você não havia nenhum motivo para riso. Você era intenso e tímido ao mesmo tempo. Eu não podia falar disso então, mas agora posso: você parecia um marido ciumento sem ser casado. Além do mais, todos sabiam que você era tão espantosamente brilhante. Não faça essa cara. Se não sabiam, você se encarregava de fazer com que descobrissem. Thomas Mistler, o aluno perfeito e, para dizer a verdade, o grande chato! Lembro muito bem de quando lhe mostrei os poemas que eu escrevia. Você me pediu para levá-los para ler aquela noite e, no dia seguinte, apareceu no dormitório e me devolveu os poemas com comentários escritos e mudanças no texto. Como algum chefe de seção! O pior é que as mudanças feitas eram boas! Você tinha razão. Era isso que eu não suportava. Teria sido bom se a gente só tivesse se conhecido muitos anos depois.

Seu cabelo era feito de cinza e ouro. Sua boca, misteriosa. Sei que você tinha vergonha dos seus dentes. Seus seios. Quando me vi, confuso, naquele quarto, desejei que você estivesse nua. Eu teria visto seus seios.

Você pode vê-los agora!

Ela desabotoou a parte de cima do vestido e sacudiu os ombros para se livrar dele e do suéter. Quando ela abriu o fecho do sutiã, ele viu que seus seios eram enormes e eretos, como nunca vira outros.

Grandes, não são?, perguntou ela. Como melões maduros. Se quiser, pode tocá-los.

Minhas mãos estão geladas, respondeu Mistler.

Está vendo? Você não mudou nada!

Ela própria começou a tocar os seios, com muita delicadeza, de início em volta da base. Quando os mamilos ficaram eretos, como se fossem explodir de tanto sangue, ela interrompeu o movimento para apertá-los.

Como os rapazes gostavam deles..., sussurrou ela. Eu era a única na escola com um sutiã daquele tamanho. Eles tocavam meus seios e os lambiam e eu gozava tanto, nunca mais gozei com tanta intensidade, nunca mais. Você poderia ter feito isso, Thomas, poderia ter brincado com eles quanto quisesse, se não fosse tão sério. Acho que vou gozar agora, mas não vai ser a mesma coisa, vai?

Bella, por favor, me deixe fazer você gozar. Quero tocar seus seios. Quero mesmo.

De repente, ela parou.

Tarde demais. Não somos mais adolescentes. Se vamos fazer amor, vai ser como dois adultos em plena meia-idade.

Então vamos. Por favor!

Hoje não. Barney vai voltar daqui a pouco. Além do mais, você está cansado. Está vendo, ela apontou para o volume nas calças dele, não ia durar um minuto sequer. Talvez amanhã. Se quiser, venha me visitar amanhã na hora do almoço.

Não eram ainda seis e meia quando ele atravessou a ponte da Accademia e continuou na direção que o levaria naturalmente ao hotel. Pouco antes da curva decisiva, consultou o relógio e viu que poderia, se apertasse o passo, chegar à igreja dos Gesuiti antes de fechar. Foi o que decidiu fazer. Mais uma vez a igreja estava vazia, e mais escura e triste que durante a visita com Lina. O interior imponente e sublime deixou-o pouco à vontade, pois lhe pareceu pequeno, como uma casa ou praça que não visitássemos desde a infância. No espaço reduzido, o mármore cinza e branco em *trompe l'oeil* e, além disso, as colunas em espiral nos dois lados do altar, pareciam importunos ali e incomodavam pela aparência artificial. Mistler deu de ombros. Afinal, tudo o que queria era dar uma última olhada no grande Ticiano. Nunca se interessara pelos conceitos de decoração do século XVIII. Pôs uma moeda na caixa de iluminação. Nada. O quadro permaneceu na sombra. Furioso, sacudiu a caixa, socou-a e, por fim, derrotado, alimentou a máquina com outra moeda de quinhentas liras que encontrou no bolso. Deu resultado. Reparo no defeito inicial ou prova do senso mercantil dos bons padres, por mil liras as lâmpadas halógenas funcionaram. Era realmente uma grande obra. Talvez a maior de Ticiano, presumindo-se que essas classificações tivessem cabimento. Pois, como seria possível fazer uma comparação sensata desse quadro com a *Vênus* no Ca'd'Oro, com a *Assunção* da igreja dos Frari ou com a *Apresentação da Virgem*, que revia com reverência todas as vezes que visitava a Accademia? Teria Ticiano inculcado menos sentimento na pequena Maria de pé e desamparada, mas corajosa, no topo da escada diante do sumo sacerdote do que no são Lourenço torturado na grelha? Ele era um mestre no ofício de pintar. Cada um desses temas exigia um tratamento diferente, assim como uma visão diferente da vida, e a capacidade de fazer essas distinções sem dúvida não era a parte menor do gênio de Ticiano. Da mesma maneira, ele notou, como se estivesse fazendo um inventário, como o garfo do torturador estava tocando, mas sem perfurar, o flanco do santo, a agonia espiritual visível no rosto do assistente que mantinha a vítima deitada e o reflexo da luz no capacete do oficial montado no cavalo. Nesse momento, as luzes se apagaram. Mistler não tinha mais moedas para ativar a iluminação. Além disso, seus olhos já se haviam habituado à escuridão. Nela, por algum motivo, o quadro não parecia mais difícil de ser percebido. O que viu, porém, não o comoveu. Poderia muito bem estar olhando para um palco vazio.

# 11.

O dia havia começado muito cedo. Depois do café da manhã, assim que se vestiu, ele desceu até o saguão e disse ao *signor* Anselmo, o porteiro-chefe, que desejava encomendar flores por telefone e mandá-las, antes do almoço, a uma senhora que morava na Giudecca. A resposta foi dada sem o entusiasmo e a solicitude habituais naquele funcionário. Por um único motivo: Mistler não tinha como fornecer o número de telefone da senhora. Sem ele, como poderiam o florista ou Anselmo ter certeza de que a *signora* Cutler estaria em casa? Anselmo a conhecia; também sabia que o nome dela não estava na lista telefônica.

Ela estará em casa, Mistler lhe disse, e, se não estiver, o entregador deve esperar.

Quando terminaram de repassar as instruções sobre o itinerário — a rota sugerida por Mistler, atravessar a ponte da Accademia até Dorsoduro, andar até o Zattere e só então tomar um barco do serviço de transporte veneziano para cruzar o canal, revelou-se, para sua surpresa, uma violação das praxes venezianas relativas a deslocamentos de um lugar para o outro — e de resolver que o *facchino* do hotel levaria o cartão de Mistler ao florista e lá permaneceria, de modo que, caso nenhum dos empregados da floricultura estivesse disponível tão logo o buquê ficasse pronto, o próprio *facchino* levaria a preciosa carga e esperaria em frente à porta até que a empregada ou a *signora* surgissem, Mistler tinha mudado de idéia. Já que não poderia despedir o porteiro-chefe, como teria feito sem a menor perda de tempo com um empregado igualmente obtuso e lento da Mistler, Berry, e sem dúvida não o privaria da gorjeta a que o homem estava acostumado a receber por ocasião da partida de Mistler, ele ao menos o humilharia.

Pelo visto, para as flores chegarem às mãos da senhora Cutler na hora em que eu quero, terei de comprá-las e levá-las eu mesmo, disse a Anselmo. Então é exatamente isso que farei. Fico surpreso que você não possa dar conta de uma tarefa tão simples!

A retaliação teve um efeito tranqüilizante em Mistler. Refletiu um instante e lembrou-se de que nunca havia visto flores sendo entregues em Veneza. Talvez não fosse costume, a não ser em igrejas, por ocasião de funerais. E de casamentos também, sem dúvida. Na realidade, não havia nada de mais em ele mesmo se encarregar das flores. Parar na loja do florista no caminho para Campo Santo Stefano poderia dar-lhe uma agradável sensação de liberdade. As flores lhe chamaram a atenção, assim como a vendedora. Inclinava-se a apostar que um flerte com ela seria perfeito. Se ao menos fosse domingo! Era nesse dia que se podiam ver senhoras e senhores da idade dele, e às vezes também mais jovens, vestidos e penteados com apuro, todos aparentemente a caminho de um almoço com parentes ou avós, andando um tanto empertigados, um buquê numa das mãos e, na outra, uma torta embrulhada em papel de *pasticceria*. Ele teria se sentido parte da feliz população geral. Então lhe ocorreu que flores, embora indispensáveis, não serviriam muito como lembrança dessa visita, a menos que fossem um daqueles arranjos de flores secas que ele abominava. Assim as flores serviriam também de memento fúnebre. Em dúvida quanto à bugiganga mais duradoura a procurar — lenços, cintos, bolsas e coisas do gênero não pareciam adequados —, ele partiu em direção a San Marco. Demorou-se diante das vitrines das lojas que vendiam objetos de vidro. Seria possível dar vidro veneziano a alguém que mora em Veneza? Em circunstâncias normais, ele teria afastado a idéia por considerá-la absurda, mas Barney insinuara que todos os bens da casa de Enrico Feretti haviam ficado para o garoto. Ele seguramente não notara à mesa uma abundância de tigelas ou copos de vinho sinuosos feitos à mão. Sob uma arcada que levava à *piazza*, um par de candelabros inacreditavelmente trabalhados que já havia admirado em passeios anteriores estava à mostra na vitrine de um estabelecimento que vendia peças de vidro não só antigas como também atuais. De cor verde-marinho e salpicados de ouro, os braços — Mistler contou dez — serviam de suporte para mouros minúsculos, vestidos com calças largas, coletes e turbantes, cada um numa combinação diferente de cores, agarrados a fios de ouro. Suas mãos minúsculas, de um branco leitoso, seguravam lamparinas de vidro. As taças de sorvete que Clara lhe pedira que repusesse tinham saído dessa loja. Já que estava ali, resolveu comprá-las na hora, assim como as taças de champanhe, em vez de deixar para a tarde, conforme planejara. Enquanto anotavam sua encomenda, ele perguntou ao vendedor se era possível examinar os candelabros mais de perto. Visivelmente nervoso com a empreitada, o homem cobriu parte do balcão com feltro bege e de modo cuidadoso os colocou ali.

Final do século XVIII, disse a Mistler.

É mesmo? Estão em excelente estado.

Para Mistler, isso os tornava ainda mais admiráveis. Um

mês antes, talvez os quisesse para si. Nas circunstâncias atuais, por que esse não podia ser seu presente de despedida para Bunny? Ela não tinha nenhum gato que pudesse empurrá-los credência abaixo ou dar patadas de brincadeira nos pequenos mouros. Eles dariam àquela sala desolada um toque de genuína distinção — a menos que ela decidisse escondê-los em um canto escuro exatamente por adivinhar o que ele pretendia e achar que o gesto de grandeza era, se olhado com atenção, presunçoso, arrogante e inoportuno. Mistler achava que tal risco não era grande, dada a iminência do seu eclipse. Quem poderia ofender-se diante de uma declaração romântica, ainda que despropositada, vinda dele? Se, no final das contas, ele estivesse enganado e ela ficasse aborrecida, não devia ser impossível a uma pessoa residente há tanto tempo em Veneza como ela conseguir que a loja aceitasse a devolução dos candelabros. Dúvidas apaziguadas, Mistler disse ao vendedor que estava interessado nas peças. Um momento, respondeu o funcionário, vou pedir ao dono que venha atendê-lo.

Um senhor mais idoso apareceu, mais levantino que veneziano, na opinião de Mistler, e perguntou se poderia usar o francês, no lugar do inglês. Mistler assentiu com a cabeça.

Essas são peças muito raras, disse o homem, feitas por esta casa para o casamento de um membro da família Albrizzi pouco antes da ocupação de Veneza pelas tropas de Napoleão. O casamento se realizou, mas em Pádua, e a caixa que continha os candelabros foi encontrada no palácio Albrizzi e aberta há apenas alguns anos. É esse o motivo de se encontrarem nesse estado admirável. Se não fosse pela diferença na técnica usada para soprar o vidro e na maneira de fazer a junção de uma parte com a outra, não seria difícil que os tomássemos como cópias modernas. Se *monsieur* quiser me fazer a gentileza de se dar ao trabalho de olhar...

Com um dedo que terminava numa unha comprida e envernizada, o homem apontou detalhes que Mistler também considerou interessantes.

Na verdade, são dignos de um museu, continuou o levantino. Se possível, deveriam ser oferecidos a uma noiva.

Infelizmente, não serão. E o preço?

Menos do que o senhor possa temer que seja. Estão aqui em consignação. Houve muito interesse, mas nenhum colecionador apto e propenso a pagar o montante originalmente pedido.

Ele rabiscou uma quantia em liras num pedacinho de papel e, ao lado, o equivalente em dólares.

Não conheço o mercado, murmurou Mistler, mas mesmo assim é um preço muito alto. Muito mais dinheiro do que eu poderia lhe conseguir para hoje.

*Monsieur* pode pagar em cheque. Ou lhe mandamos a conta. Temos inteira confiança num amador que percebe e valoriza a beleza deste trabalho.

Então está bem. Vou levar os candelabros. O senhor pode mandar embrulhá-los imediatamente, talvez separados, e pedir que alguém me acompanhe, e os leve até a Giudecca, à casa da senhora a quem os darei de presente.

Posso saber o nome da senhora?

Senhora Cutler. É possível que o senhor a conheça. Espero que lhe permita devolvê-los caso não sejam de seu agrado.

Garanto a *monsieur* que a *signora* Cutler-Feretti jamais desejará se separar deles. *Monsieur* vai me desculpar lhe dizer tal coisa, mas se estivesse em meu poder decidir, eles seriam de fato o presente de casamento para ela. Será uma honra para nossa casa reduzir o preço. Espero que *monsieur* não considere o gesto deselegante.

Um final promissor para uma manhã de tristeza. Talvez esse atraente judeu alexandrino — para Mistler, essa seria a identidade mais provável do homem — pudesse reunir-se aos candelabros por intermédio da conquista de Bunny. Tantas coisas piores poderiam acontecer a ela.

No pesadelo que fez com que acordasse tão cedo, ele estava presidindo uma reunião, num lugar que lhe era familiar mas não em um escritório, à cabeceira de uma mesa de tampo de mármore absurdamente comprida, ao redor da qual estavam sentados, não, de pé, homens na maioria conhecidos dele, cujos nomes se apagaram de sua memória, aos quais ele se dirigia. Era quase impossível fazer-se ouvir, embora ele elevasse a voz e falasse tão alto que as palavras ecoavam na superfície de pedra. Ele se viu incapaz de influir no resultado, mas era essencial encerrar a sessão: estava preso ali enquanto era esperado com urgência em outro lugar, para onde ele não poderia ir sem o guia inquieto e cheio de caretas que estava à porta descansando o peso do corpo ora num pé ora noutro. Ah, que angústia! Já passava da meia-noite em Nova York, tarde demais para telefonar para Clara, embora ele quisesse livrar-se dessa tarefa e não tivesse nada, literalmente nenhuma obrigação, à sua frente. Ainda dava tempo de ligar para Sam, na Califórnia, e ele o fez. Estava acontecendo uma festa, a julgar pelo barulho ao fundo, a menos que houvesse algum evento sendo mostrado na televisão, que estivesse ligada com o volume alto demais ou próxima demais do telefone. Sam não disse que não podia falar com ele, mas o mal-estar na conversa aumentava à medida que ela prosseguia. Depois de cada uma das falas de Sam, Mistler sentia necessidade de recomeçar a conversa, como um carro velho que custasse a pegar. Sam não tinha culpa. Suas respostas eram muito amáveis. Era a paciência dele que se tornava perceptível, como a barra de uma combinação da qual não se consegue tirar os olhos. Com aquela paciência infinita, o filho de Mistler tornava a normalidade da vida dele claramente compreensível: o trabalho ia bem, tanto o de Monique como o dele, nenhum problema de saúde na família, o período agradável do fim de semana estava apenas começando. Deveria ser o suficiente, mas não era, e Mistler não conseguiria expressar o que mais ele queria. Na realidade, não havia nada que pudesse nomear.

O assunto das obrigações pendentes fez com que se lembrasse do convite de Bunny, aceito tacitamente quando se despedira. Se fosse apenas o caso de almoçar com ela outra vez logo em seguida à primeira, a brecha aberta em seu último dia de liberdade já seria grande. Em geral, não se tem necessidade de almoçar com a mesma pessoa dois dias seguidos, sobretudo quando se trata de uma velha amiga que reaparece, depois de décadas. Após a explosão de curiosidade e afeição inicial, o que resta? Tudo o que podia ser dito já o foi, e tudo o mais permanece fora dos limites da comunicação verbal, só pode ser apreendido, na melhor das hipóteses, por aqueles que viveram ao lado de um dos protagonistas. Deveria haver um estatuto com regras que impedissem tentativas de renovar uma intimidade depois que esta se deteriorou. Mas havia sinais tanto positivos como negativos no caso do convite de Bella — ele se recusava a sucumbir à graça do tolo que a rebatizara e a pensar nela como Bunny. Mistler não tinha dúvida de que entendera certo: ela tinha a intenção de deixá-lo fazer amor com ela. Por quê? Porque um dia ele a quisera com uma força que se assemelhava ao desespero? Ela era, evidentemente, inteligente demais para achar que os exercícios de uma tarde pudessem compensar o que fora negado uma vida atrás, ou para saber que esses esforços poderiam, ao ser executados, acabar se mostrando decepcionantes. Por ser tão inteligente, o desejo dela talvez fosse, de fato, mostrar a Mistler a banalidade do ato, mostrar-lhe que, de modo geral, com ela ou com qualquer outra mulher não faria a menor diferença, e que, portanto, no fim da vida, ele nada teria a lamentar nesse departamento. A demonstração era inútil. Ele fora apaixonado por uma garota de capa de *tweed* numa bicicleta vermelha que não podia ser transportada para a casa na Giudecca. Se ele acompanhasse Bella, a Coelhinha, ao quarto, aos lençóis que ela poderia ter pedido que a senhora barbada mudasse para a ocasião — o mais provável é que não estivesse preocupada com isso —, ele encontraria sob os próprios joelhos e mãos os joelhos e as coxas de uma mulher extraordinariamente bem conservada, mas, ah, tão diferente da valquíria escarranchada no homem de cara de camelo. Também poderia ser que ela de repente o achasse atraente, estimulada pelo interesse na situação dele. Se assim fosse, teria Bella notado o paradoxo? Ela estava prestes a conseguir que um homem moribundo atendesse a um desejo dela!

Anos antes, mas num tempo menos distante do que as tardes que costumavam passar conversando sobre literatura e imortalidade no conforto do sofá puído, exageradamente estofado, reservado para os freqüentadores habituais de uma livraria de Cambridge, Barney falou a Mistler de um talentoso e obscuro escritor estrangeiro, cujo romance ele lera numa tradução publicada por uma editora que representava o último recurso para a produção de obras desse tipo.

Ele está escrevendo esse romance sensacional, disse Barney, e de repente se dá conta de que não sabe como terminá-lo. O que fazer? Continuar escrevendo aquela droga pelo resto da vida? Então ele corre para sua velha babá, explica a situação e lhe pede um conselho. No final da página, logo depois da última palavra escrita, escreva: "Basta, e só! Se leu até aqui, você é um bocó!". O esquisitão faz exatamente o que ela disse e parte para o próximo livro!

Bom conselho. Não se diz que os romances são como a vida de um homem? Nesse caso deveria haver algo diferente de "Comer a Coelhinha" para ele usar como fecho em sua derradeira página. Ele poderia simplesmente não se apresentar em Fondamenta San Biagio e, em vez disso, mandar-lhe, no devido tempo, um cartão-postal de Nova York, redigido de tal forma que ela poderia, se quisesse, concluir que Mistler não entendera, que ele ficou achando que ela o dispensara. Melhor ainda, ele mandaria flores, que deveriam ser entregues ao meio-dia, com um bilhete de teor equivalente. Isso teria a vantagem de poupar a Bunny o aborrecimento de ficar em sua alcova esperando por muito tempo um pretendente que dera o cano. Caso ligasse para o hotel com a intenção de esclarecer as coisas, ela ficaria sabendo que o sr. Mistler tinha ido a Torcello e não era esperado antes do fim da tarde.

Às oito horas, quando sentiu que não poderia mais continuar adiando o café da manhã, sua decisão de dar meia-volta e ir embora tornou-se mais firme. Era apenas questão de esperar que as lojas abrissem para que pudesse encomendar as rosas. Imaginou que dezenove das mais vermelhas e compridas, uma dúzia e meia mais uma para formar um número ímpar, seria o mais apropriado. O garçom trouxera para dentro do quarto os jornais depositados mais cedo no lado de fora da porta. As notícias do *Herald Tribune* não estariam mais mofadas até a noite, nada o entediava mais do que a campanha de dois candidatos presidenciais por quem tinha igual aversão, a não ser, possivelmente, o noticiário econômico. Entretanto, Mistler deu uma olhada no preço de fechamento das ações da Omnium. Haviam subido dois dólares! Isso acrescentava certo tempero à conversa que deveria ter com Jock Burns. Pegou então *Il Gazzettino*, viu que a previsão do tempo era tão satisfatória quanto o céu azul do outro lado da janela e passou para o horóscopo. No signo de Touro, o seu, estava escrito: “Você ficará tentado a virar as costas a um amigo. Espere ser julgado de acordo com seus atos. Saúde estável”.

Ah, os soberbos decretos de Minos! Em breve teria mais a dizer sobre eles do que esse astrólogo astuto jamais havia aprendido com as estrelas, se por acaso os mortos falassem. Por ora, a advertência era séria demais para ser ignorada. Ele faria sua jogada conforme as cartas que lhe coubessem.

Foi assim que Mistler se viu trilhando o caminho habitual que levava, ambiguamente, ao restaurante onde os garçons, reunidos como querubins, depositariam uma refeição à sua frente, por cuja qualidade ele poria a mão no fogo, e que poderia ser consumida, o rosto voltado para os raios de sol, numa tranqüilidade perfeita, ou então a um destino a pouco mais de cem metros, para uma consumação de outro tipo. O empregado do judeu alexandrino o acompanhava, uma grande caixa quadrada em cada mão. Mistler levava o buquê com as flores voltadas para baixo, como lhe tinham ensinado. Juntos embarcaram no *vaporetto*, juntos desembarcaram, encolhendo os ombros, em uníssono, não em Sant'Eufemia como tinham imaginado, mas na Giudecca, uma ponte adiante, onde o barco caprichosamente parara.

*Un tormento*, afirmou o empregado.

Sem dúvida, rapaz.

Andaram e andaram. Calcanhares, joelhos e pernas, e mais calcanhares, joelhos e pernas, caminhando e subindo a ponte até o cocuruto e daí ponte abaixo, depois continuaram andando. Alcançaram então o ponto sem volta — a igrejinha de Sant'Eufemia. Pouco freqüentada ou abandonada, as portas trancadas sem nenhum aviso quanto ao horário das missas e cobertas por camadas de cartazes. Esse era o momento de Mistler pedir ao *facchino* que pousasse as caixas, pôr um cartão de visita sobre uma delas, marcar seu nome com um traço e rabiscar embaixo "*Ciao*, Bella". Que o rapaz leve tudo para a *signora*, as caixas, as rosas e o cartão. Se ele fizesse cara feia por causa das flores, Mistler o aliviaria do buquê e o daria à primeira senhora com quem cruzasse no caminho de volta ao *vaporetto*. Ah, Bella! Será que ela mandaria o mensageiro levar de volta as mercadorias para o lugar de onde tinham vindo ou, pior ainda, para Mistler? Ele não tinha dúvida de que Bella sabia como deixar claro seu desdém. "Meu caro Thomas", escreveria ela, talvez nas costas do próprio cartão de Mistler. "Que tristeza! Você fez isso por medo, crueldade ou mera falta de educação?" A menos, claro, que ela tivesse previsto tudo e não estivesse em casa, a porta fechada a sete chaves ou sob a guarda da senhora de barba.

Mistler estava sentindo muito calor; na realidade, sua cabeça girava. Sob o blazer trespassado, pesado demais para essa manhã, decididamente inadequado para a estação, a camisa se grudava às suas costas. Ele desabotoou o blazer, entregou as flores ao rapaz e, segurando as lapelas, se abanou. A frente da camisa estava coberta de manchas úmidas e feias. Um homem encorpado, carrancudo, de roupa escura, transpirando de modo exagerado, o rosto esquálido e com um tom amarelo-sujo. Era esse o aspecto dele, era assim que se apresentaria a Bella. Ele tinha notado a cor ao se barbear e confirmou-a ao tirar os óculos escuros e ver seu reflexo nas vitrines pelas quais passara no caminho. Voltar ao quarto, fechar as venezianas e deitar-se na penumbra fresca. Não se movimentaria até o cair da noite ou, melhor ainda, até a manhã seguinte, se engolisse algumas das pílulas de Bill Hurley, se elas nocauteassem de novo seus nervos. Então, indiferente, piscando contra a luz do sol, ele faria as malas, desceria até o caixa na recepção, esperaria enquanto o computador calculasse a conta monstruosa e daria início à viagem de volta para casa.

Desistiu de enxugar o rosto com o lenço de seda tirado do

bolsinho do paletó. Diarréia num banheiro turco. Como uma sombra, o empregado parou de enxugar o rosto na manga. Está muito quente, comentou o rapaz.

Devíamos ter tomado um táxi aquático, mas, já que estamos aqui, é melhor continuar.

São tão caros! Na verdade, um roubo! É melhor tomar o *vaporetto* em San Zaccaria.

A uniformidade de opiniões do pessoal nativo era impressionante. Uma pena! Em Veneza, a busca de Mistler se concentrara nos prazeres do olho. A eficiência contara muito pouco. No final, porém, dava tudo no mesmo; seus sentimentos e talvez até suas lembranças estavam chegando a uma queda fatal, como a nota de um violino, prolongada, de cortar o coração, que ouvimos através de alguma janela pouco antes de a mão invisível, por razões que sempre nos serão desconhecidas, baixar o arco.

Tinham subido ao topo da pequena ponte. Ao pé da escada do outro lado, estava Bella, franca e sorridente.

A campainha não está funcionando, a mulher lhe disse. De início esperei do lado de fora do meu prédio, mas ali é um tédio. Eu estava a caminho do ponto do *vaporetto* e da vida da rua. Que rosas lindas! Acho que são para mim.

Ela inclinou a cabeça e ofereceu a face.

Perdoe-me. Você não gostaria de ser beijada por um turista suado.

Então corra para casa. Angelina fechou as persianas na hora certa. Está divinamente fresco.

Ela notou o jeito com que ele olhou para o vestido dela, uma roupa comprida e disforme quase transparente da cintura para baixo, do tipo que ele associava a Laura Ashley e a marchas em prol dos direitos civis. O vestido revelava uma roupa de baixo que mais parecia um antiquado maiô de duas peças. Nos pés, tamancos de madeira escandinavos, com tiras de couro.

Não achou divertido? Nem um pouquinho? Achei que poderia fazê-lo lembrar dos anos 60! Quase a nossa era. Além disso, sussurrou Bella, olhando de soslaio para o empregado da loja, ele desabotoa de cima a baixo!

Você está maravilhosa! Quem mais teria pensado nisso? Eu teria usado alguma coisa cáqui e tênis brancos sujos!

Na realidade Mistler não achou graça. A lascívia evidente o repugnava, como ver um garçom, num bufê de segunda categoria, empilhar no prato de um convidado uma porção de peixe com molho cremoso, porções de salada verde e um pedaço de *brie* meio derretido. Mas não era esse o motivo. Em 1970, em agosto, enquanto Clara e Sam estavam em Crow Hill, Mistler fora jantar com Peter, Jill Berry e a prima de Jill, recém-divorciada, num restaurante italiano na avenida Lexington, em frente da Bloomingdale's, então considerado ao mesmo tempo vulgar e chique, exatamente o lugar adequado para um jovem casal da moda, uma moça desacompanhada e o melhor amigo do casal, convidado para equilibrar a mesa, se encontrarem numa noite quente de verão. O lugar era sempre barulhento, insuportavelmente cheio, reservas não tinham o menor valor, e o macete era atrair a atenção do dono, esbelto e imperturbável, metido num terno que mandara fazer em Roma e que fazia com que as roupas dos fregueses parecessem peças baratas, de carregação. O grande homem tomou conhecimento da presença deles com um aceno de cabeça bem-humorado, que, segundo o estabelecido, significava que teriam uma mesa em breve, mas só após uma passagem pelo bar. Tomaram martínis em copos tão cheios que a bebida chegava a respingar nos dedos. A prima era uma mulher de cabelo comprido, olhos redondos e seios caídos. Mistler ainda não tinha entendido seu nome e se perguntava se Peter estaria dormindo com ela. Para se fazer ouvir em meio ao barulho das vozes, ela falou sobre seu trabalho bem junto ao ouvido de Mistler. Ele gostou do hálito dela, que cheirava a cigarros e gim, dos dentes brancos, fortes, e de como ela sabia manter uma distância de pouco menos de três centímetros sem deixar que seus corpos se tocassem. A moça não usava batom. Mais tarde, na hora da *grappa*, Peter disse que o ex-marido de Peggy era um porco. Ela ter se livrado dele era, afinal, um alívio. E propôs um brinde à liberdade da prima.

Peter e Jill foram a pé para casa, deixando para Mistler o encargo de levar Peggy de volta a Chelsea, na outra extremidade da cidade. No táxi ele descobriu que a boca da moça era tão arrojada quanto agradável. Sem nenhuma palavra, ele a acompanhou escada acima até o apartamento dela no andar mais alto de um prédio de tijolos vermelhos.

Tire os sapatos, disse ela à porta. Deixe ver se está tudo bem com Jeb.

Surpreso, Mistler ergueu as sobrancelhas.

Não tem problema, ainda não lhe contei. Ele é meu filho e meu parceiro. Um grande garoto.

Não havia nenhum problema com Jeb. O quarto dela, quase todo ocupado por algo que parecia uma cama d'água gigantesca coberta com uma colcha, ficava no final do corredor, depois do quarto do filho.

Detesto fazer a cama, ela disse a Mistler. Esta é a minha toca.

E se Jeb acordar?

Não acorda. Ou acorda e eu digo que você é um amigo muito especial.

Quando Mistler ia saindo, ela disse: Peter é seu companheiro inseparável. Não quero que ele saiba.

Nem eu. Podemos nos divertir, se isso ficar apenas entre mim e você.

Ele a viu esporadicamente durante o resto do verão, quando ela o chamava. Peggy dava explicações diversas, ora dizendo que não podia pagar uma *baby-sitter* e não gostava de deixar Jeb sozinho, ora que não havia *baby-sitter* cuja presença ela ou Jeb conseguiam suportar naquele apartamento. Ela preferia não sair; aquela noite com os Berry tinha sido uma exceção. Espere até um dos fins de semana de Jeb com o pai, ela disse a Mistler. Nesse meio tempo, eles jantaram com Jeb, que era da idade de Sam, mas, ao contrário deste, costumava dormir cedo sem que fosse preciso insistir. Em seguida, ela lavava a louça e conduzia Mistler para a cama. Era a primeira experiência de Mistler com uma mulher para quem fazer sexo não estava condicionado a um telefonema dele ou a uma proposta para esse ou aquele programa.

Se você estiver a fim de transar, ela lhe disse, pode me ligar e pedir para vir até aqui e então eu lhe digo se estou a fim. Se eu fosse você, não faria isso. Quando eu quiser, entro em contato.

Assim estava bom para Mistler. Na realidade, ele gostava de não ter de se perguntar se deveria ligar para ela quando não o havia feito. Ela o encontraria no escritório, pois a secretária dele, a impecavelmente sensível e discreta srta. Tuck, não hesitaria em passar as ligações de Peggy ou, caso Mistler estivesse ocupado, responder prontamente a elas.

No último fim de semana de agosto, Mistler estava em Crow Hill. No início da noite de sábado, o telefone tocou. Mistler pegou o fone do aparelho da sala de estar, onde Clara e ele estavam tomando um drinque. Era Peggy, embora ele não tivesse dado a ela o número da casa de campo — um telefonema para lá não fazia parte do acordo deles.

Ei, venha para a cidade amanhã cedo. Jeb está com o pai em Cape. Quero que você me leve ao cinema e depois a um restaurante.

Estou ocupado agora, respondeu Mistler, notando quão alta era a voz de Peggy no aparelho. Ligo para você mais tarde.

Não, não está, não! Se estivesse ocupado, não teria atendido ao telefone. Risadinha, risadinha. É melhor você vir, estou muito a fim de você.

Clara não tinha levantado os olhos da revista. Será que estava tão absorvida assim na moda de outono? Mistler achou mais provável que aquela atitude era resultante do verniz da boa educação de sua mulher.

Quando ele ligou um pouco mais tarde, da biblioteca, Peggy lhe disse para encontrá-la no cinema, próximo à parte sul da Quinta Avenida. Ele foi direto do trem para lá e, tendo chegado um pouco cedo, comprou as entradas enquanto esperava do lado de fora do saguão. Era um filme de Warhol. Mistler achou que os fãs que estavam na fila com entradas na mão eram bem o que se esperaria que fossem — contabilistas do Upper West Side, médicos suburbanos com esposas de pretensões artísticas, um ou outro punk contratado pelo distribuidor como chamariz. Por fim, ela apareceu. Dessa vez veio andando calmamente até ele, no rosto um ar tão franco quanto o de Bella, usando um vestido que era uma cópia do de Bella e tamancos nos pés. Uma única diferença: os tamancos de Peggy eram marrons. E chamavam a atenção para os pés dela, carnudos, calosos e não muito limpos, o que não era surpreendente, uma vez que ela provavelmente viera a pé desde a rua 23.

Eles ficaram se agarrando durante o filme, as pernas de Peggy, que ela liberara do vestido, emaranhadas o mais possível nas dele. Depois, ela disse que queria jantar no terraço de um restaurante de hotel a alguns quarteirões dali. Uma boa notícia para ele; as chances de alguém conhecido jantar naquele lugar eram remotas. A Quinta Avenida estava quase vazia. Talvez por isso, ela se pendurou no braço de Mistler e se encostou nele enquanto caminhavam. Para sua vergonha e horror, Mistler percebeu que, se por acaso alguém que ele conhecesse os visse, ele se sentiria mais comprometido pela aparência desmazelada de Peggy do que pela demonstração de intimidade. A noite terminou animadamente, segundo a fórmula de sempre, ainda que, em vez de sair voando no meio da noite para não ser encontrado pelo grande rapazinho na cama da mamãe dele e ter de ouvi-la explicar o fato, Mistler ficou na cama até a hora do café, montou outra vez em Peggy, barbeou-se com a gilete que ela usava para raspar as pernas (mas não as axilas, que, surpreendentemente numa jovem com sua educação, eram cabeludas e úmidas) e foi direto para a agência. Sem que uma palavra tivesse sido dita, a srta. Tuck alterou sua maneira de lidar com os telefonemas de Peggy. Não fazia mal. Pouco depois, Peter disse a Mistler que a moça se casara com um professor de física e mudara para Los Angeles.

E essas caixas elegantes também são para mim?, perguntou Bella. Elas não servem para guardar luvas nem livros, Thomas. Você não mandou esse rapaz trazer sua bagagem, não foi? Então devem ser provisões do Harry's Bar para uma semana!

Não, Bellissima, não desta vez. Se você quiser, esse cavalheiro levará as caixas lá para cima e também as abrirá.

Então vou ficar de olhos fechados até ele terminar.

Quando os candelabros foram afinal colocados sobre a credência, como ele orientou, e lhe disse que ela poderia olhar, Mistler achou que ela ficara ruborizada.

Thomas, disse ela, eu conheço essas peças. *Monsieur* Benamoun me disse várias vezes que só as venderia para alguém digno de uma grande felicidade.

Ele cumpriu a palavra. Eu disse a *monsieur* que os candelabros eram para você.

Mistler viu que a mesa junto à janela, onde o almoço fora

servido na véspera, não estava posta. Na mesa de centro, porém, havia garrafas e copos.

Posso me servir de um drinque?, perguntou. Algo energético e cheio de vitaminas, como gim? A caminhada até aqui me deixou com muito calor e me pareceu extraordinariamente cansativa.

Não seria melhor um vinho com soda? Não queremos você sonolento, não é mesmo?

Não queremos? Por que ela o incitava? Que os candelabros antigos dados de presente não se tornassem o prelúdio da atuação de uma Mascarada grotesca. Uma figura majestosa de grande beleza, em trajes sumários e diáfanos, aparece cercada pelas riquezas do verão. A boca de um homem moribundo agarra o seio farto da mulher. Crestada pela sede, a boca recebe o arco branco de leite que a mão suave dela extrai do seio. Gratidão ou Caridade? Desaparece, Lina, ponha-te atrás de mim. Se ele conseguisse fazer Bella feliz, seria sua primeira atitude desde a chegada a esse cemitério aquático da qual não precisaria arrepender-se. Talvez a atitude dela seja simplesmente o modo como as pessoas legais e de bom coração encaram fazer amor. Que direito tinha ele de estragar o espetáculo com um ataque de mau humor? Portanto, Mistler serviu-se de gim com pedras de gelo, esvaziou o copo e lhe disse: Ah, minha linda Bella, não se preocupe. Nada me distrairá de você.

A mão dela entre as coxas dele, o gesto repetido: Bella abriu o vestido e o tirou, sacudindo os ombros. Estava nua.

Olhe, são seus.

Como ele se voltara para ela e permanecera imóvel, ela acrescentou: Não me faça esperar. Não agüento esperar.

Depois ela abriu um sorriso radioso e disse: Que homem adorável! Volto já.

Acho que preciso de um pouco mais do seu gim.

Ela voltou com uma toalha gelada.

Primeiro enxugue o rosto com a toalha. Você está tão vermelho.

Eu sei. Rosto e mãos inchados, olhos injetados. Seus troféus, Bella. Por favor, fique assim, deixe o vestido aberto. Não quero parar de ver você.

Que bobo, Thomas. Espere por mim naquela cadeira. Sua aparência já está melhor.

Segui-la até o quarto. Se despiriam. Provavelmente, ela gostaria de despi-lo; ela só estava usando aquele vestido e as calcinhas recatadas que este revelava. Não havia nada de errado com o corpo dele. Ficou satisfeito ao pensar em ser visto. E com o dela? Haveria a pequena elevação do abdome dela, provavelmente leitoso e sem marcas, a vantagem de não ter tido filhos. Não lhe desagradaria, foi o que pensou. E tudo o mais a ser tocado, esquadrinhado e lambido. Dessa vez ela iria querê-lo dentro de si; ela procuraria ajudar. Esperava que isso acontecesse. Esses gestos que o revigorariam de modo mais rápido eram exatamente os que ele deveria evitar. No final, ela agiria de forma adorável, lhe diria que ficarem abraçados seria o suficiente. Num minuto, ele ouviria os ruídos dela na banheira. Você também quer um bom banho frio? Junto comigo, ou você é grande demais? Se ao menos isto aqui fosse o Savoy, com aquelas banheiras imensas. Você foi feito para elas ou elas feitas para você! Bella, seria melhor Mistler dizer, não sou mais o homem que era. Sinto minha idade mais do que aparento. E então?

Quando Bella voltou à sala, estava vestindo calças brancas e uma túnica escura.

Você se vestiu!

Claro. Vamos sair para almoçar.

Mas, Bella...!

Chega por hoje. Não finja que está com vontade. Thomas,

estou feliz de ter agora comigo esses candelabros. Pensarei em você cada vez que os vir. Vão ficar bem aqui, debaixo do retrato do homem com brinco, que talvez seja mesmo um Longhi. Ela riu. Vou lhe dar uma lembrança, mas você vai ter de escondê-la.

Mistler viu que havia uma tesoura pequena na mão direita de Bella. Com a outra mão ela pegou uma mecha do próprio cabelo, cortou-a junto à raiz e deu um nó.

Bella, gemeu ele.

Preferia que não fossem grisalhos. Agora vamos. Estou faminta.

Na hora em que tomaram o café o terraço estava vazio. Os guarda-sóis faziam barulho ao tremular à brisa como velas que precisassem ser manobradas. A sua mulher, perguntou Bella, como ela é?

Clara? Não sei bem se vou conseguir lhe dizer. É como se não conseguisse colocá-la em foco. Isso me aconteceu certa vez com uns binóculos japoneses que comprei para ver pássaros num comedouro da janela do meu estúdio. Os binóculos não eram bons o suficiente; nunca extraí muita satisfação de pequenas economias. Havia momentos em que via cada detalhe do tentilhão, o canto do olho, imperfeições minúsculas no bico quando o pássaro o abria para pegar um grão e depois, de repente, ele era apenas uma mancha. Clara? Ela era bonita e perfeitamente adequada, e tudo nela combinava com a aparência que as coisas, para mim, deveriam ter. Uma moça alta e loira de boa família mas sem dinheiro, buscando sua independência em Manhattan. Dois vestidos bons e um bom humor permanente. Nesse momento, eu apareço, um homem com algum *glamour*, e, claro, um bom partido. Ela sabe disso, mas não demonstra dar muita importância ao fato porque possui esse tipo de orgulho. Transamos e ela me diz, quando terminamos, que nunca tinha ido tão longe antes, mas não se faz maior estardalhaço sobre o acontecido, ela não exige nenhum compromisso. Isso realmente me fisgou!

E você a amava?

Você até poderia me perguntar se ela me entediava desde o início. Será que eu, com meu jeito condescendente, achava que ficar entediado num casamento era normal? Amar? Acho que amei apenas uma mulher, uma mulher que nunca tive e nunca perdi. E que era amante do meu pai. Eu poderia ter amado você, caso tivesse permitido. Mas não permitiu. O que importa em relação a Clara é que provavelmente estraguei a vida dela. Ela deveria ter esperado pelo próximo pretendente.

E como foi que você estragou a vida dela?

Ela acabou percebendo que eu não a respeitava. Não importa que ela tivesse metido os pés pelas mãos. Aliás, eu não respeitava minha mãe. Meu filho não respeita Clara.

Você o educou mal.

Por lhe dar mau exemplo? Sem dúvida. Mas ela também não o tratou bem.

Seu filho o ama?

Acho que sim, mas não é fácil para ele.

Então acho que você e Clara estragaram a vida um do outro. Inutilmente. Vamos voltar à minha casa? Não, não responda, seria um erro voltar agora. Em vez disso, volte no final do verão.

Até lá eu estarei morto, ou muito doente.

Volte, mesmo que muito doente.

Ele tomou o *vaporetto* para a outra margem, os olhos fixos em Bella até ela se tornar uma pequena figura. Uma vez no Zattere, Mistler seguiu na direção da Dogana, a proa de Veneza, onde o sal, uma das riquezas do estado, fora, um dia, estocado. Sentados às mesas de metal diante de dois cafés, turistas comiam pizza, sanduíches passados de presunto e tomates e tomavam sorvete. Havia outros sentados na calçada, encostados nos muros dos jardins. Jovens nórdicos com peitos nus quase escarlates, o lixo de seus tênis e meias espalhados à sua volta, garotas expondo coxas e ombros ao sol. Carne feia, cheiro de óleo rançoso, água turva como esgoto, o próprio corpo terrivelmente pesado. Ele não descansaria até circundar a Dogana e chegar a Santa Maria della Salute. Então, se a basílica estivesse aberta, ele faria uma pausa num banco diante da Madona Negra, olharia mais uma vez para o tronco sangrento e acéfalo do Golias no teto de Ticiano. Não conseguia lembrar-se se os homens que labutavam nos remos do *traghetto* largavam o trabalho depois do almoço ou voltavam para mais uma ou duas horas ao final da tarde. Solidão e fadiga terríveis. Poderoso Hermes, guia dos viajantes, mande-os ao trabalho! Não obrigue seu servo a subir mais uma vez os degraus debruados de ferro da ponte da Accademia, poupe-lhe a passagem por entre a multidão de tímidos senegaleses, cada um tão belo quanto um Veronese ao vivo, tagarelando entre suas mercadorias na vastidão árida do Campo San Stefano. Andar, andar, andar. Chegou à casa de barcos do clube de remo Bucintore, um prédio ao lado da Dogana. Como o som dos sinos das vésperas que lamentam a morte do dia e introduzem o desejo no coração de um peregrino, o cheiro de verniz e madeira nova encheu-o de uma grande saudade. As enormes portas da casa de barcos estavam abertas. Parou para admirar os esbeltos barcos de competição, *sculls* individuais e ioles de oito remadores, dormindo em suas armações, bestas míticas que ele tanto amara. Sentado numa cadeira, consertando um tolete, estava um homem franzino e moreno, com calças de malha azul-marinho e uma camiseta com as insígnias do clube. Outro mouro, pensou Mistler. O homem o examinou com atenção. Passou-se um momento.

O senhor gosta desses barcos, observou ele.

*Molto.*

Ah, o senhor é inglês? Remador, com certeza.

O sotaque evocava a Índia. Mistler reparou nas feições finas, delicadas, do homem. Ele era velho, mais velho que Mistler, bem-disposto e muito forte.

Não, sou americano. Eu costumava remar.

Dá para notar. Um homem com seu corpo e suas mãos não costumava remar apenas! Ele riu. O senhor parece inglês e fala como um inglês. Se quiser, volte amanhã. Os barcos saem no domingo de manhã. Veremos. Talvez haja lugar para o senhor. Se houver algum problema com um sócio, a equipe ficará honrada em receber um convidado como o senhor.

Obrigado. Estou partindo de Veneza amanhã.

Então da próxima vez.

Sem dúvida.

Acenou, despedindo-se. Imóvel, o homem sorriu.

Minutos depois, já na Dogana, Mistler parou para olhar com atenção a passagem entre San Giorgio e a Giudecca. Refez seus passos. Da próxima vez. E se fosse um sinal? O oriental continuava em sua cadeira, trabalhando no tolete.

Diga-me uma coisa, perguntou Mistler, esses *sculls* para um remador — há algum que eu possa comprar? Não remo em equipe desde que era jovem. Prefiro estar na água sozinho. Quando voltar, talvez queira sair num barco desses de vez em quando.

Não, não há nenhum à venda. O senhor precisa conhecer um sócio que se disponha a lhe emprestar o dele.

Que pena.

Quando Mistler começou a se afastar, o homem gritou: Por que só falamos de *sculls*? O senhor estaria interessado num esquife? Por favor, venha comigo.

Mistler o acompanhou. Chato, negro e brilhante como um caixão comprido, o barco estava no compartimento dos fundos.

Ele se parece com um que tive quando menino, Mistler

disse ao homem. Eu costumava sair pela baía, no lugar onde ainda moro. Era muito estável. Só que o meu não era preto. Era envernizado, como seus *sculls*.

Este também é muito estável, senhor. O dono queria que ele fosse pintado de preto, como uma gôndola. Ele faleceu no ano passado. Agora o barco é meu.

É mesmo, Mistler reconheceu as virtudes do esquife. Daria para sair ao mar nele quando os dias ficassem mais curtos, pouco antes de anoitecer, uma hora ou pouco mais antes do poente, justamente quando o vento diminuía. A ponta da Giudecca a estibordo, sair da vista e da mente. Em frente, o Lido. No extremo do Lido, San Pietro in Volta, a ilha madrinha. Entre um e outra, a passagem estreita de Malamocco. Remadas lentas com uma força inexorável. Proa na esteira das barcaças em diagonal. O vento refresca, em meia hora o cheiro de mar aberto. Os últimos raios de sol nos olhos, a proa apontando para o lugar de onde surgirá a lua. O espaço aquático é vasto.

O senhor o usa muito?

Ah, não, senhor. Ando pensando em talvez vendê-lo.

Então venda-o para mim, por favor. E o senhor poderia guardá-lo aqui até a minha volta?

Com prazer.

Duas compras importantes num dia. Mistler pôs a mão no bolso interno do blazer em que guardava o talão de cheques.

Não há necessidade disso, senhor. Pode me pagar quando voltar.

Eu talvez demore a vir. Deixe-me pagar agora.

Então entre aqui no meu escritório. Nesta cadeira. Fique à vontade.

O barqueiro sentou-se do lado oposto da mesa, no cômodo que estava escuro como o esquife; os olhos do homem estavam em brasa. Ele observava enquanto Mistler escrevia. Depois, anotando lentamente, ele próprio registrou a transação num livro grande. Com a fisionomia afável mas grave, o barqueiro entregou um recibo a Mistler. Estava tudo na mais perfeita ordem. O óbolo de Mistler trocara de mãos. Dessa vez ele não trapacearia.

ESTA OBRA FOI COMPOSTA PELO GRUPO DE CRIAÇÃO EM ELECTRA, TEVE
SEUS FILMES GERADOS PELO BUREAU 34 E FOI IMPRESSA PELA PROL EDITORA
GRÁFICA EM OFF-SET SOBRE PAPEL PÓLEN SOFT DA COMPANHIA SUZANO
PARA A EDITORA SCHWARCZ EM SETEMBRO DE 2000